Menschliche Marionetten

Für alle, die trotz ihrer Probleme einen klaren Kopf bewahren. Bleibt wie ihr seid.

Danke an Clara Schulze Mönking für die Cover-Illustration.

Danke an Jonathan Pernaß für das umfangreiche Lektorat.

Robin Band

Menschliche Marionetten

Roman

Bibliografische Information der
Deutschen Nationalbibliothek:

Die Deutsche Nationalbibliothek verzeichnet diese Publikation in der Deutschen Nationalbibliografie; detaillierte bibliografische Daten sind im Internet über http://dnb.dnb.de abrufbar.

Covergestaltung:
© 2024 Clara Schulze Mönking

Herstellung und Verlag: BoD – Books on Demand, Norderstedt

ISBN: 978 3759761521

Prolog

Der Regen prasselte auf mich nieder, während ich eines Nachmittags mit ausgestreckten Armen im Garten stand. Schwer vom Wasser klebte mein kurzes, schnurgerades, schwarzes Haar an meinem Kopf fest. Meine Kleidung war längst durchnässt, doch es interessierte mich nicht. Schließlich war der Regen angenehm warm. Ich mochte den Regen. Nachdem ich tief durchgeatmet hatte, drehte ich mich um die eigene Achse und blickte über unsere Blumenbeete. Nicht weit von mir landete eine Amsel auf dem Zaun, legte den Kopf schief, sah mich an und plusterte sich auf. Sie bemerkte den Regen anscheinend kaum, obwohl der Himmel einzustürzen schien. Der Regen erdete mich oft, beruhigte meinen Geist, gab mir etwas, das mich lebendig fühlen ließ. Ich konnte die menschenleeren Gärten mit beiden Augen betrachten, ohne etwas auszulösen, von dem ich nicht wollte, dass es geschah. Es war schön. Nur der Regen, die Amsel und ich. Noch eine Weile leistete der Vogel mir still Gesellschaft, bevor er kurz mit den Flügeln zuckte und davonflog, als gäbe es diesen schweren Regen nicht. Ich wünschte mir, es ihm gleichzutun – meinen Weg zu gehen, ohne auf meine Bürde zu achten. Plötzlich hörte ich ein Motorengeräusch, das auf der anderen Seite unseres Hauses versiegte. Mama war wieder da. Ich seufzte. Gleich würde sie wieder durch das Küchenfenster schreien, was ich mir denn dabei denken würde, mich hier dumm beregnen zu lassen. Ich zog meinen Mundwinkel nach oben, die Augenklappe auf mein linkes Auge und blieb trotzdem im Regen stehen.

1 – Zwei Augen

In meinen Bademantel gehüllt saß ich vor dem Fernseher in meinem Zimmer, in dem mal wieder nur Schwachsinn lief, als das Bild plötzlich schwarz wurde. Nun sah ich nur noch mich, mit der Kakaotasse vor der Nase und der braunen Lederaugenklappe vor dem rechten Auge meines Spiegelbildes. Ich stellte die Tasse auf den Fernsehtisch, drückte auf der Fernbedienung unnötigerweise auf „Aus" und streifte den Bademantel ab. Ich blickte an meinem nur mit einer Unterhose bekleideten Körper herab und stellte fest, dass im Regen zu stehen mir auch nicht beim Wachsen half. Meiner Meinung nach hätte ich wie die anderen Jungen mit meinen 17 Jahren ruhig größer als 1,58m werden können. Doch aus welchem Grund auch immer wollte mein Körper seit einem Jahr nicht mehr wachsen. Ich zuckte mit den Schultern – was soll's? Schnell schnappte ich meine Tasse, kippte den restlichen, lauwarmen Kakao herunter und wischte meinen Mund mit der Rückseite meiner Hand sauber.

»So ein Mistwetter!«, fluchte mein Vater, als er das Haus betrat.

»Regen ist wichtig«, meinte ich knapp aus meinem Zimmer im ersten Stock heraus.

»'nen Scheiß ist der! Du mit deiner bescheuerten Augenklappe verstehst's einfach nich'«, maulte er zurück. Mein Vater arbeitete als Bauarbeiter an einem neuen Rathaus im Ort. Klar störte ihn das Wetter, da ein solcher Regen für seine Leute nicht gerade angenehm war. Dass er etwas gegen meine Augenklappe hatte, war nur verständlich, schließlich hatte ich meinen Eltern erzählt, ich fände es cool ein Auge zu bedecken. Da ich als kleines Kind ein großer Piratenfan gewesen war, hatten sie mir die Geschichte sogar abgekauft. Natürlich war dies nicht der wahre Grund, weshalb ich eines meiner Augen hinter dieser hässlichen Klappe verbarg. Sah ich jemanden mit beiden Augen gleichzeitig an, schlüpfte ich in dessen Körper. Es musste nicht einmal direkter Augenkontakt sein, ich musste zum Beispiel nur mit beiden Augen auf die Hand einer Person schauen und schon sackte mein Körper bewusstlos zusammen und ich befand mich im Körper der anderen Person, bis ich nach einer willkürlichen Zeitspanne plötzlich wieder zurück in meinem Körper kehrte.

Was sich zunächst nach einer wünschenswerten Kraft anhört, war für mich der blanke Horror. Als diese Kraft wie aus dem Nichts ein paar Wochen nach meinem 15. Geburtstag das erste Mal aufgetreten war, kontrollierte ich abends meine Mutter für 9 Minuten und meinen Vater für 7 Minuten, bevor ich mich vor Angst zitternd in mein Zimmer verzog. Meine Eltern hatten später keine Erinnerung daran, wie ich in ihren Körpern panisch umher gerannt war und meinen eigenen Körper wie einen Leichnam angestarrt hatte. Dieser hatte sich durch den Sturz, der ohne die Anwesenheit eines Bewusstseins folgen musste, ein geprelltes Knie, eine blutige Lippe und aufgeschlagene Ellenbogen zugezogen.

Am nächsten Tag auf dem Weg zur Schule ging der Horror weiter, denn dort beging ich den Fehler, auf die andere Straßenseite zu blicken.

Ich befand mich ohne Vorwarnung im Körper eines Grundschulmädchens und konnte mich selbst dabei beobachten, wie ich auf die Straße fiel.

Zum Glück hielt das herannahende Auto an und ein besorgter Fahrer stieg aus. Als mein Körper nicht reagierte, rief er den Krankenwagen. Das alles nur, weil ich dieses Mädchen angesehen hatte? Mir wurde klar, dass es daran liegen musste. Nein, etwas in meinem Körper oder wohl eher in mir – mein Körper lag ja weiter hinten auf der Straße – wusste es einfach. Im Körper des kleinen Mädchens begann ich zu kreischen, bis ich von zwei älteren Damen aufgefunden und getröstet wurde.

»Wo wohnst du?«, fragte eine von ihnen, nachdem ich aufgehört hatte zu schreien. In der Ferne erklang das Martinshorn.

»Ich weiß es nicht«, ertönte die Stimme des Mädchens aus meinem (?) Mund.

Sie fragten mich immer wieder, wer meine Eltern seien und wie ich hieße, doch ich antwortete immer gleich. Ich wusste es nicht. Der Krankenwagen traf ein und schnell überprüften die Sanitäter meine Vitalfunktionen, bevor sie meinen wirklichen Körper auf eine Bahre hievten und in den Wagen verfrachteten.

Kaum war der Wagen mit Blaulicht losgefahren, fand ich mich mit einem kurzen, schmerzhaften Ruck in meinem Körper wieder. Panisch öffnete ich die Augen …

Und blickte nach einem Ruck sofort auf meinen erneut erschlafften Körper.

»Verdammt, ich dachte er wacht auf!«, rief der Sanitäter, welcher auf der anderen Seite der Bahre stand. Ich schwieg besser, bevor ich den Sanitäter, in dessen Körper ich mich befand, in eine dämliche Situation brachte.

»Ihm scheint nichts zu fehlen. Hoffen wir, dass es nur eine Fehlernährung oder Allergie ist und nichts im Gehirn«, murmelte mein Kolle-

ge. Ich nickte bloß zustimmend. Schweigend stand ich also neben meinem eigentlichen Körper und sah zu, wie er sich in jeder Kurve ein wenig bewegte. Sie hatten seinen Kopf verbunden, also musste er sich dort verletzt haben.

Dann, ohne Vorwarnung war ich zurück in meinem Körper. Ganz langsam und mit größter Vorsicht öffnete ich mein linkes Auge und blieb tatsächlich in meinem Körper, obwohl ich den bärtigen Sanitäter, der ich eben noch gewesen war, direkt ansah.

»Hey, geht es dir gut? Wie heißt du?«, sagte er langsam mit einer tiefen, beruhigenden Stimme. Sie erinnerte mich an einen Erzähler in meinen Piratenhörspielen.

»Mein Name ist Nayan. Mir geht's gut, bloß pocht mein Kopf ein wenig. Ich bin wohl gestolpert.«

Ich erntete leicht überraschte Blicke und mir wurde mitgeteilt, dass sie hofften, es sei wirklich nichts mehr als das gewesen, jedoch müssten sie mich im Krankenhaus gründlich überprüfen.

So geschah es auch und ehe ich mich versah, war ich bereits wieder nach Hause geschickt worden. Bis auf einer Schürfwunde am Knie und einer kleinen Platzwunde am Kopf war ich vollkommen gesund. Während der Arzt mich untersucht hatte, hatte ich immer eines meiner Augen geschlossen gehalten oder die Wand angestarrt. Meine Eltern waren auf meine Bitte hin nicht informiert worden. Noch auf dem Rückweg vom Krankenhaus kam ich an einem Second-Hand-Shop vorbei. Mein Blick glitt über eine Piratenkiste aus Plastik, welche im Schaufenster lag. Kurz blieb ich stehen und öffnete dabei versehentlich mein zweites Auge. So schnell es ging, schloss ich es wieder und bevor ich mich über die schlecht verarbeitete Truhe beschweren konnte, entdeckte ich die aus Leder gefertigte Augenklappe, welche ich viele Jahre meines Lebens tragen würde. Sie lag auf der Truhe und sah ordentlich verarbeitet aus. Dies war, was ich brauchte. Sofort ging ich in den Laden und kaufte sie mir. Da ich für diesen Tag in der Schule ohnehin krankgemeldet war, ging ich nach Hause und band mir die Augenklappe um. Nach einigem Herumrücken vor dem Spiegel stellte ich fest, dass sie auf meinem linken Auge besser aussah, und fragte mich, wie lange ich diese seltsame Gabe wohl behalten würde. Ich schwor mir, sie nie wieder anzuwenden und auch nie mit jemandem darüber zu reden.

Die nächsten Wochen waren schwer für mich. Meine Eltern hatten meine Augenklappe schnell als „eine Phase" abgestempelt, doch meine Klassenkameraden machten sich ständig darüber lustig oder versuchten, sie mir abzunehmen. Keith war der schlimmste von ihnen. Er war groß, dick und hatte sein fettiges, blondes Haar immer zu Stacheln geformt. Ich fragte mich schon ewig, wie er in der Schule nicht sitzen blieb. Er war das lebendig gewordene Klischee eines Mobbers. Einige Male gelang es ihm sogar, mir meine Klappe zu entreißen, doch ich schaffte es, das darunter liegende Auge geschlossen zu halten, bis ich die Augenklappe irgendwann gnädigerweise wiederbekam. Das Mobbing ging so weit, dass vor kurzem auch meine wenigen Freunde damit begannen, Abstand von mir zu nehmen. Marvin zog weg, Thomas freundete sich mit Keith an und Fynn traute sich kaum noch, mit mir zu reden.

Außer der Tatsache, dass meine seltsame Übernahme-Kraft nur wirkte, wenn ich jemanden mit beiden Augen ansah, fand ich heraus, dass sie generell nicht bei Tieren funktionierte. Ich fragte mich ständig, weshalb dieses Schicksal ausgerechnet mich getroffen hatte und was das alles erst verursacht hatte Mein Leben hatte sich zu einem Alptraum verwandelt.

2 – Der Unfall

Ich wälzte mich unruhig im Bett hin und her. Verdammt, ich habe doch noch 20 Minuten zu schlafen, bevor dieser grässliche Schulausflug stattfindet! Wieso wachte mein Gehirn in solchen Situationen immer früher auf? Wenn ich es eilig hatte, konnte ich kaum aufstehen. Genervt griff ich nach meinem Handy auf dem Boden, schaltete es ein und sah mir ein paar Videos an. Als mein Wecker schließlich klingelte, setzte ich mich aufs Bett, rieb mir die Augen und schnallte mir meine Augenklappe um.

»Mach deinen Scheißwecker aus!«, brüllte mein Vater vor meinem Zimmer. Er machte wieder einmal ein Drama daraus, obwohl er schon eine ganze Weile wach war. Ich deaktivierte den Wecker und zog mich um. Kaum stand ich in der Küche, stürmte mein Vater, abermals zu spät dran, an mir vorbei aus der Haustür. Seufzend zog ich mir einen Stuhl heran und aß mein morgendliches Müsli, während ich auf meinem Handy spielte. Ich packte mir noch das belegte Brötchen, das mir meine Mutter geschmiert hatte, in eine Tüte und stopfte sie in meinen Rucksack. Dann trat ich jenen schicksalhaften Schulausflug an.

Der Treffpunkt für unseren Ausflug in das Kriminalmuseum war der Bahnhof meiner Stadt, doch da ich im hintersten Eck wohnen musste, fuhr ich mit dem Bus durch die halbe Stadt, nur um viel zu früh an der Bahn zu sein. Ich hasste diesen Ausflug jetzt schon. Nicht, dass mich Museen nicht interessierten, ganz im Gegenteil, aber ich musste viel zu viel Zeit mit einer Klasse verbringen, die mich ohnehin kaum noch duldete oder sogar mobbte. Tolle Aussichten, nicht wahr? An meiner Haltestelle stieg ich aus, trottete die Treppen herunter und lehnte mich rücklings an einen Getränkeautomaten. 27 Minuten zu früh. Warum fuhr der Bus denn so beschissen? Der Nächste würde natürlich drei Minuten zu spät sein. Somit war es nicht weiter überraschend, dass ich der erste aus meiner Klasse war, der sich hier einfand.

Zehn Minuten später traf eine Gruppe fröhlich schwatzend ein. Sie liefen an mir vorbei, ohne mich zu beachten, und stellten sich ein Stückchen neben mir im Kreis auf.

»Der ist ja schon da.«

»War er denn je weg?«

»Der lebt doch hier, dachte ich.«

Gelächter. Sie fühlten sich gut dabei, mich mithören zu lassen. Es machte mich zornig, wie schnell eine geringe Änderung mich vom normalen Mitschüler zu einem Außenseiter gemacht hatte. Dies waren die Momente, in denen ich einfach meine Augenklappe herunterreißen und einfach wieder ein normales Leben führen wollte. Aber es ging nicht. Nicht mit dieser verfluchten Abnormalität. Ich hatte gelernt, wie schön Einsamkeit und die Natur sein können, denn die Natur bestrafte einen nicht dafür, anders zu sein. Im Gegenteil, außergewöhnlich starke Lebewesen setzten sich durch. Survival of the fittest – Evolution nach Charles Darwin. Spannendes Thema.

Kurz darauf traf meine Lehrerin, Frau Seidemann, ein. Sie hatte ihr bereits leicht ergrautes Haar hochgesteckt und trug schwarze Kleidung mit weiten Ärmeln und einen langen, schwarzen Rock. Wollte wohl aussehen wie eine Bankangestellte. Nach und nach tröpfelten immer mal Leute einzeln oder in kleinen Grüppchen ein. Fynn grüßte mich immerhin knapp, bevor er sich zu einer anderen Gruppe gesellte. Unmittelbar bevor unsere Bahn eintraf, hörte ich Keiths laute Stimme. Er erzählte Thomas lautstark wie er gestern beim Fußball „dieses dumme Kleinkind weggekickt" hatte.

»Fast so hässlich wie du, Nayan!«, spottete er, als sie mich erreicht hatten. Das Dröhnen im Bahntunnel signalisierte die baldige Ankunft des Zuges. Sie war zum ersten Mal seit Menschengedenken pünktlich.

Keith rempelte mich an. Ich reagierte nicht und rückte meinen Rucksack zurecht.

»ARR, bereit, die Bahn zu kapern, Pirat?«

Ich blickte einfach auf den Boden. Er würde aufhören. Es musste langweilig werden. Die Lichter der Bahn flammten im Tunnel auf. Ohne Vorwarnung stieß Keith mir mit der flachen Hand gegen die Schulter, sodass ich zurücktaumelte und ihn anblickte. Dann hielt er mich an der Schulter fest und griff mit der anderen Hand nach meiner Augenklappe. Brutal zog er sie herunter, wobei das Band riss. Dann geschah alles viel zu schnell: In meiner Panik schaffte ich es nicht, mein Auge rechtzeitig zu schließen und tauchte in Keiths Körper ein.

Ich riss die Arme nach oben und ließ so meinen eigenen Körper fallen. Keiths Stimme brüllte. Alle sahen mich an.

»Nein, nein, nein!«, stammelte ich, taumelte zurück und dann …
trat ich ins Leere.

Ich sah, wie meine Mitschüler und mein regloser Körper aus meinem Blickfeld verschwanden und ich stattdessen die Decke anblickte. Bevor ich auf die Gleise krachte, blickte ich in die hellen Lichter der Bahn. Die Bremsen quietschten laut. Ich schlug auf und die Räder trafen auf Keiths Körper. Mit einem brechenden Geräusch durchsägten sie meine,

nein, seine Gedärme und warfen mich – ihn – ein Stück zur Seite.
Gewaltige Schmerzen ...

Das darauffolgende, brechende und schnalzende Geräusch nahm ich wieder in meinem eigenen Körper vollkommen schmerzlos wahr. Dennoch zuckte ich zusammen.
Tränen liefen aus meinen Augen. Mein Kopf wurde von Frau
Seidemann gehalten, welche sich neben mich gehockt hatte
und nun in Schockstarre auf die Gleise und die Blutspuren an
der Bahn starrte. Einen kurzen Moment lang herrschte abso-
lutes Schweigen, bevor einige Leute anfingen zu schreien und
auf die Knie zu stürzen. Jemand fiel in Ohnmacht. Frau Seidemann starrte noch immer über mich hinweg auf den Zug,
welcher stumm dastand. Die Türen piepten und öffneten sich
gleichzeitig. Ein piepender Killer ... oder war ich der Mörder? Nein. Es war es ja keine Absicht gewesen – und außerdem hatte er es verdient. Wenn, dann war ich der Held, der
die Welt vor einem weiteren Bösewicht gerettet hatte. Es
machte mir nichts aus. Ohne es zu wollen, begann ich zu
grinsen. Alle waren so sehr mit sich selbst oder anderen beschäftigt, dass es ohnehin niemandem auffiel. Keith war tot
und ich war schuld. Es fühlte sich verboten gut an, dass meine sonst so schwere Last endlich etwas Sinnvolles vollbracht
hatte. ICH konnte die Welt verändern, ICH konnte ein Held
werden und diese Welt von den Bösen befreien! Schallendes
Gelächter erklang aus meinem Mund. Frau Seidemann blickte
nun nach unten. Ihr Gesicht war bleich, ihre Augen glasig.
Anstatt mich zurechtzuweisen, hob sie meinen Oberkörper
an und drückte mich an sich. Wollte sie ihre Dankbarkeit
ausdrücken? Ich hörte sie leise schluchzen.

3 – Ein neuer Blickwinkel

»Es scheint mit ihm alles in Ordnung zu sein«, sagte der Arzt zu meiner Mutter, dann ließ er sie zu mir. Frau Seidemann hatte es irgendwie geschafft, tränenüberströmt und vollkommen neben der Spur, einen Krankenwagen zu rufen. Alle Schüler wurden untersucht und entweder zunächst im Krankenhaus betreut oder nach Hause geschickt. Da die Lehrerin berichtete hatte, ich hätte wahnsinnig gelacht, wurde ich ebenfalls in die Klinik gebracht, wo sie mich dann ausgefragt und untersucht hatten. Meine Augenklappe hatte ich neu verknotet und aufgesetzt, was einerseits notwendig war, andererseits aber die Untersuchung erschwerte. Meine Augen waren abwechselnd untersucht worden. Sicherheitshalber hatte ich so weit wie nur möglich am Arzt vorbei gestarrt. Mein Blick hatte förmlich an der Wand gehaftet. Das offizielle Ergebnis der Ärzte war „traumatisiert, aber ein stabiler Geisteszustand", oder so.

Kaum wurde sie in meinen Raum gelassen, fiel mir meine Mutter um den Hals. Ich rückte bloß meine Augenklappe zurecht. Sie hätte mir ruhig etwas mehr Zeit geben können, sie aufzuziehen.

»Nayan! Ich … Ich habe mir solche Sorgen gemacht! Du musst Schreckliches durchgemacht haben!«

Sie atmete mir angestrengt in den Nacken. Sie musste so schnell es ging hergefahren und dann gerannt sein. Mütter eben.

»Ich bin so froh, dass es dir gut geht. Du warst ja am nächsten dran, als er … Du hättest auch vom Zug erfasst und auf die Gleise gezogen werden können.«

Das hatte ich auch den Ärzten gesagt, doch ein Trauma veränderte angeblich die Erinnerung. Was die anderen wohl gesehen hatten? Wer hatte gesehen, wie Keith mich attackierte?

»Aber du lebst … du lebst«, sagte sie, wie um sich selbst zu beruhigen.

»Keine Sorge, Mama«, sagte ich ruhig und fügte in Gedanken hinzu: »Ich befand mich nur im Körper von Keith, als er starb.«

Ich lächelte, was sich der noch immer anwesende Arzt notierte. Als es bereits dunkel war, wurde ich entlassen. Die Ärzte befahlen mir, die nächsten Tage nichts zu unternehmen und, falls mich etwas beschäftigte, mit meinen Eltern zu reden. Falls sie nicht verfügbar sein sollten, sollte ich einen Psychologen aufsuchen oder eine Seelsorge-Nummer anrufen, die man mir sauber aufgeschrieben überreicht hatte. Außerdem empfahl man mir ein paar Therapiesitzungen, die schon nächste Woche beginnen würden. Ich bekam die Kontaktdaten eines Mannes mit dem Namen „Dr. Herbert Kunig".

Als ob ich eine Therapie brauchte. Ich war nicht traumatisiert, ich fühlte mich auch kein bisschen schuldig. Verantwortlich, ja, aber im positiven Sinne. Es machte mir alles nichts aus. Meine Fähigkeit konnte etwas bewirken und ich sollte sie nutzen, um diese Welt zu verbessern. War doch klar. Als wir an einer Ampel standen, hielt ein Auto neben uns. Da meine Mutter mich auf die Rückbank verfrachtet hatte, befand ich mich nun auf Augenhöhe mit dem Jugendlichen hinten im anderen Auto. Er trug große Kopfhörer und starrte gelangweilt nach vorn. Vor ihm saß ein Mann am Steuer, die anderen Plätze konnte ich von meiner Position aus nicht sehen. Von meiner Position aus? Es war mir doch ein leichtes, so etwas herauszufinden. Voller Neugier, die eher auf den Umfang meiner Fähigkeit bezogen war, hob ich, noch immer den Jungen anschauend, meine Augenklappe an.

Die Musik war scheiße. Ich nahm die großen Kopfhörer ab und legte sie mir um den Nacken. Nun war der Krach zumindest nicht mehr so laut. Fasziniert starrte ich in meine Handflächen. Das Auto fuhr an und bevor wir abbogen, erhaschte ich noch schnell einen Blick auf meinen wirklichen Körper, welcher scheinbar schlafend im Gurt hing.

»Krass«, entfuhr es mir. Es war ein neuer Blickwinkel auf meine Fähigkeit. Die ganze Zeit hatte ich sie als Fluch betrachtet, doch mir wurde klar, dass sie unbegrenzte Möglichkeiten hatte. Ich konnte sein, wer ich sein wollte, dazu musste ich die Person nur sehen. So würde ich das Leben der Person in meiner Hand halten. Ich konnte helfen, aber ebenso schnell jemanden töten, wie ich Keith getötet hatte. Ja, ich hatte ihn getötet, auch wenn es ein Unfall gewesen war. Ich hatte es so gewollt.

»Was gibt es?«, fragte die wasserstoffblonde Frau auf dem Beifahrersitz.

»Lass ihn doch«, sagte der Mann, doch die Frau hakte erneut nach.

»Ach nichts, ich dachte nur etwas gesehen zu haben, war ein Deja-Vu, Mama«, sagte ich schnell. Noch schneller wirbelte die Frau herum starrte mich mit einem undefinierbaren Blick an. Ihre Nase war groß.

»Was hast du gesagt?« Ihren Tonfall konnte ich nicht deuten, daher hob ich bloß die Augenbrauen an. Die Musik um meinem Hals machte noch immer leise krach.

»Hast du mich gerade „Mama" genannt?«, fragte sie nun ungläubig.

»Ja. Tut mir leid, ich war in Gedanken.«

»Nein, ich freu mich nur!« Sie *wandte sich an den Mann.* »Pete, *dein Sohn hat mich endlich „Mama" genannt! Er erkennt mich an! Ist das nicht toll?«*

Ohne den Blick von der Straße zu nehmen, sagte Pete: »Sohn, du wirkst seltsam. Wie kommt es, dass du plötzlich so freundlich mit Rebecca redest?«

Es war irgendwie belustigend, wie die Situation aus dem Ruder lief, schließlich musste nicht ich die Konsequenzen ertragen. Jetzt musste ich nur noch mental in meinen Körper zurückzukehren.

»Leon, antworte mir«, befahl der Vater.

»Jo, Mann, ich hab' die Alte voll verarscht«, sagte ich nun in meinem coolsten Slang. Der Vater lachte laut auf und ich sah, wie der Zorn sich im Gesicht der Frau aufbaute.

»Du -«, begann sie.

Ich hob meinen Kopf von meiner Schulter und rieb mir mit einer Hand über den steifen Nacken. Dann musste ich auch schon bei dem Gedanken, was der Junge nun anstelle seiner Musik zu hören bekam, grinsen. Dann schnaubte ich sogar belustigt auf.

»Nayan, alles gut?«, sagte meine Mutter besorgt.

»Alles gut.«

»Ich weiß, du willst das nicht, aber du solltest wirklich ab nächster Woche den Psychologen aufsuchen.«

Ich sah ihren besorgten Blick im Rückspiegel.

»Mama, das passt schon. Ich brauch das nicht, mir geht es gut.«

»Das sagst du. Wer weiß, was der Psychologe feststellt.«

»Mama…«

»Du gehst da zumindest einmal hin, hörst du?«

»Okay. Danke, dass du dich um mich sorgst.«

Das brachte sie zum Schweigen. Ich hatte gehofft, dass sie die Ironie der Aussage nicht bemerkte.

Mein kleiner Test mit dem Jungen war ein Erfolg gewesen, aber ich ärgerte mich, dass ich nicht vorher auf eine Uhr gesehen hatte, um die Zeit zu messen. Wenn ich wirklich etwas bewegen wollte, musste ich mehr über diese Fähigkeit wissen. Ich musste sie kontrollieren lernen, sodass ich jederzeit den fremden Körper verlassen konnte, ohne die Zeit abzusitzen oder die Person zu töten. Falls dies nicht möglich war, so musste ich wenigstens lernen, die Dauer der Übernahme zu vereinheitlichen, damit ich genau im Blick haben konnte, wie lange ich noch den anderen Körper besetzen würde. Dafür musste ich üben und meine Fähigkeit weiterhin bewusst einsetzen. Für den heutigen Tag war es mir jedoch genug Übung, sodass ich mich stumm nach Hause fahren ließ, wo ich noch eine Kleinigkeit aß und dann in meinem Bett verschwand. Hellwach dachte ich mir einen Trainingsplan aus. Zum Üben eignete sich meine Mutter am besten. Ich würde sie in nächster Zeit öfter übernehmen und ganz alltägliche Sachen tun, um die Motorik in einem anderen Körper besser koordinieren zu können. Außerdem musste ich einen Weg finden, meinen eigenen Körper vor möglichen Stürzen zu schützen. Konnte ich es vielleicht sogar vermeiden zu stürzen? Dann würde ich auf die Straße gehen und schauen, wo ich helfen könnte. Vielleicht würden mir sogar Verbrecher über den Weg laufen, welche ich dann kontrolliert gegeneinander aufbringen könnte. Die Szenarien in meinem Kopf wurden immer mehr.

4 – Andere Körper

Da man mich krankgeschrieben hatte, schlief ich am nächsten Tag länger. Kurz vor Mittag hob ich mich aus dem Bett, zog mich um und schnallte mir die Augenklappe auf die Stirn, zog sie jedoch nicht auf mein Auge. In der Küche kippte ich mir Müsli und Milch in eine Schüssel, welche ich dann mit auf mein Zimmer nahm. Meinen Eltern gefiel sowas nicht, aber sie waren ohnehin arbeiten. Zwar hatte meine Mutter zunächst angekündigt, dass sie sich um mich kümmern wollte, aber von ihr fehlte jede Spur, daher ging ich davon aus, dass sie es sich doch anders überlegt hatte. Besser so.

Ich stellte die Schüssel auf meinen Schreibtisch, plumpste in meinen Stuhl und drehte mich zum Tisch. Noch in der Bewegung schaltete ich meinen PC ein. Müsli löffelnd suchte ich sofort, nachdem sich mein PC mit dem Internet verbunden hatte, nach „im Stehen schlafen". Schnell fand ich Leute, die diese Fragestellung in diversen Foren diskutierten. Viele waren sich einig, dass die Muskeln sich spätestens im Tiefschlaf entspannen und man deshalb zusammensacken würde. Wenn man es denn schaffte, im Stehen einzuschlafen. Dann stieß ich auf einen Bericht, dass buddhistische Mönche es nach einem vierjährigen Training geschafft haben sollen, mehr als fünf Stunden im Stehen zu schlafen. Dies sei sogar erholsamer als liegend zu schlafen. Ich schüttelte den Kopf und schob den Löffel erneut in meinen Mund, obwohl ich mein Müsli bereits aufgegessen hatte. Immer wieder schob ich in Gedanken vertieft den Löffel mit der Zunge umher. So viel Zeit wie diese Mönche hatte ich sicher nicht. Selbst wenn, wer sagte mir, dass mein „außerkörperlicher" Zustand überhaupt mit Schlaf zu vergleichen war? Lebte mein Körper überhaupt in der Zeit, in der ich jemand anderes kontrollierte? Das würde ich ganz einfach überprüfen können, indem ich später im Körper meiner Mutter meinen eigenen Körper genauer untersuchte. Lässig trat ich gegen den Tisch, sodass ich mit dem Stuhl ein Stück weit vom Tisch wegrollte. Ein Blick auf die Uhr verriet mir, dass es noch drei Stunden dauern würde, bis meine Mutter nach Hause kam. Wenn ich etwas hasste, dann war es, auf etwas zu warten, das ich machen wollte.

Donnerkrachen riss mich aus meinen Gedanken. Unmittelbar danach begann der Regen gegen mein Fenster zu prasseln. Ich sah in unseren Garten. Immerhin würde man mich jetzt nicht zum Pflanzengießen verdammen. Langsam räumte ich nun die Schüssel weg und sah erneut auf die Uhr. Es waren nur 13 Minuten vergangen. Verdammt.

Als ich ein lautes Quieken von der Straße hörte, fasste ich einen Entschluss. Warum sollte ich warten, bis meine Mutter nach Hause kam? Ich schob die Augenklappe auf mein Auge und rannte dann zur Haustür, welche ich zügig öffnete. Sofort rannten zwei junge Mädchen an mir vorbei. Beide trugen helle Sommerkleider und ihre Schulranzen auf dem Rücken. Ich kannte sie vom Sehen, sie wohnten ein Stück die Straße herunter. Wahrscheinlich waren die Schwestern beide etwa zwölf – Zwillinge. Sie hatten wohl bereits für heute Schulschluss und waren auf dem Heimweg in das Gewitter geraten. Ich wunderte mich, warum sie noch rannten, wenn sie ohnehin vollends durchnässt waren. Dann setzte ich mich vorsichtig in den Türrahmen, sah den beiden hinterher und hob die Augenklappe.

Ihre Beine bewegten sich unerwartet schnell, sodass ich nicht den richtigen Takt fand und einen zu kleinen Schritt machte. In Kombination mit dem nassen Asphalt war das eine unschöne Sache. Sofort fiel ich vornüber und krachte auf den Bauch. Die Schultasche auf dem Rücken schob sich nach vorn, öffnete sich und entleerte ihren Inhalt auf meinen Kopf. Meine Knie brannten, mein Kinn pochte und die Atmung fiel mir schwer. Außerdem klebten diese dämlichen blonden Haare auf meinen Augen.

»Oh mein Gott, Kira! Geht es dir gut?«, schrie das andere Mädchen und eilte zu mir. Noch bevor sie bei mir war, hatte ich den Rucksack abgestreift und mich aufgesetzt. Der Brustkorb hob und senkte sich. Ich zog die Beine an und betrachtete die Knie. Aufgeschürft.

Das andere Mädchen sah mich besorgt an. Auch ihre Augen wurden zum Teil von hellbraunen, nassen Haaren verdeckt.

»Geht's?«

»Ja, schon. Ich bin ausgerutscht«, sagte ich mit einer hellen Stimme.

»Tut mir leid, dass ich so schnell gerannt bin. Ich helfe dir bei deinen Schulsachen. Ich hoffe es ist nicht alles hinüber. Übrigens, äh, dein Kleid…«

Sie machte eine Kopfbewegung zu mir. Ich riss die Augen auf und senkte die angewinkelten Beine, sodass das Kleid nicht mehr zwischen meinen Beinen aufgespannt war.

»Sorry«, murmelte ich, bevor ich ihr half, das Schulzeug einzupacken.

Als die Schultasche wieder auf meinem Rücken saß, hatte der Regen ein wenig nachgelassen.

»Weißt du was? Lass uns doch einfach gemütlich weitergehen, nass sind wir ohnehin bis auf die Knochen«, schlug ich vor.

»Du redest seltsam, aber du hast trotzdem Recht«, kicherte das andere Mädchen. Gemeinsam liefen wir die Straße entlang, während sie *mich zuredete, dass ich mir nicht zu viele Gedanken um die Schulsachen machen sollte.*

Die Erlösung kam, als ich meine eigenen Augen, Nayans Augen, öffnete. Mein Kopf war nass, ich war im Türrahmen natürlich aus dem Haus gekippt und nicht hinein. An meiner Schulter drückte es ein wenig. Mit einem geschlossenen Auge richtete ich mich auf und schob dann die Augenklappe darüber. Die Mädchen spazierten in einiger Entfernung von mir weg. Ich fragte mich, wie viel Kira von dem Ganzen wusste. Wahrscheinlich absolut nichts, so wie meine Eltern damals anscheinend nichts mitbekommen hatten. Ob sie sich nun wunderte, wie sie dorthin gekommen war und warum ihre Knie verletzt waren? Eventuell schob sie den Filmriss auf den Sturz. Trotz meiner Neugier verzog ich mich zurück ins Haus, wo ich dann im Bad meine Haare trocken rubbelte.

In meinem Zimmer schnappte ich mir einen Block, trennte die überflüssigen, mit Schulkram beschriebenen Blätter heraus und warf sie achtlos auf den Boden. Auf der nächsten freien Seite begann ich, mir Notizen zu machen. Datum und Ort notiert, dann konnte es losgehen.

„Mädchen aus der Nachbarschaft übernommen. Name: Kira. Bewegungen in Ordnung, trotz kleinerem Körper keine Einschränkungen festgestellt. Probleme: Anpassung meiner Bewegungen an ihren Sprint nicht schnell genug; meine Art zu sprechen kann zur Verwirrung des Gegenübers führen."

Ich legte den Stift weg und legte meine PC-Tastatur über den Block. Zwar konnte ich nicht unbedingt die Ausdrucksweise meiner Ziele lernen und mich exakt so verhalten, doch das war auch nicht so wichtig. Bevor jemand Verdacht schöpfte, würde ich ohnehin zurück in meinem Körper sein.

Und selbst wenn ich durchschaut würde ... abgesehen von Schmerzen konnte mir im fremden Körper nichts zustoßen. Wichtig war nur, Im Vorhinein ein Gefühl für die Bewegungen meines Ziels zu bekommen, sodass ich nicht erneut hinfiel, wenn jemand etwas schneller lief.

Irgendwann hatte mein ungeduldiges Warten ein Ende. Ich hörte, wie die Haustür sich öffnete und dann wieder schloss.

»Bin wieder da, Nayan!«, rief meine Mutter matt. Wie immer stresste sie sich auf dem Nachhauseweg zu sehr. Sie hasste den Feierabendverkehr.

»Okay«, antwortete ich durch die geschlossene Tür. Ich ließ noch einige Minuten verstreichen, ehe ich dann leise meine Zimmertür öffnete und mich ins Wohnzimmer begab. Auf dem Weg dorthin stellte ich fest, dass die Küchentür offenstand und meine Mutter nicht dort war. Auch im Wohnzimmer war sie nicht. Perfekt. Ich setzte mich auf unser Sofa mit braunem Stoffbezug und brachte meinen Körper in eine bequeme Position. Der Regen prasselte gegen die Hausfront. Leise summte ich ein Lied, bis ich hörte, wie meine Mutter das Schlafzimmer verließ. Schnell zog ich die Augenklappe ab und warf einen Blick auf die Uhr. Schon kam meine Mutter zügig in das Zimmer gelaufen, doch bevor sie mich sehen konnte, blickte ich sie mit beiden Augen an.

Sofort machte ich einen weiteren Schritt, kam dann jedoch erneut ein wenig aus dem Takt. Nach einem Ausgleichsschritt, der aussah, als wäre ich gestolpert, marschierte ich weiter und beschrieb einen Kreis, bevor ich vor dem Sofa stehen blieb. Mein wirklicher Körper lag dort erschlafft auf dem Rücken herum. Der Arm war vom Sofa gerutscht, sodass die Finger den Boden berührten. Der Mund stand offen.

Ich, im Körper meiner Mutter, ging in die Knie, streckte die Hand aus und schloss den Mund meines echten Körpers. Sah sofort besser aus. Beim Aufstehen knackte es in den Knien. Es fiel mir zudem schwerer als normalerweise. Es war mir bei den ersten Malen, bei denen ich im Körper meiner Mutter gesteckt hatte, nie aufgefallen, doch diesmal ging ich ruhiger und analytischer mit der Sache um. Ich lief noch etwas hin und her, ging dann in die Küche, griff ein Messer und schnitt eine Scheibe Brot ab. Die Scheibe war schief, wie immer, wenn ich es versuchte. Dies ließ mich darauf schließen, dass ich meine eigene Motorik in den fremden Körper mitnahm. Vielleicht wäre das anders, wenn die Körper sich stärker unterscheiden würden. Meine Mutter und ich waren ähnlich schmächtig, doch was wäre, wenn ich einen muskulösen, sehr großen oder sogar fetten Typen kontrollierte? Würde da der Körper nicht anders reagieren, auch wenn „mein Gehirn" die exakt selben Befehle erteilte? Was passierte bei schlafenden Personen?

»Denk an die Uhr«, sagte ich leise, richtete mich auf und blickte nach oben. Elf Minuten hatte die Übernahme gedauert. Was meine Mutter jetzt dachte, wo sie plötzlich in der Küche stand?

»Nayan? Hast du am Brot herumhantiert und die Scheibe hier liegen lassen?«, brüllte meine Mutter.

»Ja«, sagte ich, während ich meine Augenklappe wieder platzierte. War das eine Lüge oder nicht?

Verwundert kam sie aus der Küche und sah mich im Wohnzimmer sitzen.

»Warst du nicht eben noch im Zimmer?«

»Ja, aber jetzt bin ich hier.«

»Nayan, ich habe dir oft genug gesagt, dass du das Brot nicht zerfetzen und schon gar nicht draußen liegen lassen sollst. Das ist Verschwendung!«

Sie war anscheinend zu beschäftigt mit dem Brot, das ich vor einer Minute in ihrem Körper geschnitten hatte, als dass sie sich fragte, wie sie denn überhaupt vom Wohnzimmer in die Küche gekommen war.

»Dein Vater kommt bald und du weißt, wie er drauf ist, wenn er im Regen arbeiten musste. Hilf doch wenigstens, indem du nicht noch mehr Schwierigkeiten verursachst!«

Um ihr Motzen zu unterbinden, warf ich ein: »Mama, gestern ist ein Klassenkamerad vor meinen Augen von einem Zug zerrissen worden.«

Sofort verstummte sie, wurde rot und verschwand aus meinem Blickfeld. Kurz darauf ging ich an der nun verschlossenen Küche vorbei in mein Zimmer und notierte die neuen Erkenntnisse und Fragen. Dann startete ich den PC und verbrachte mehrere Stunden mit Videospielen.

Nach einem stillschweigenden Abendessen mit einem äußerst grimmig aussehenden Vater und einer distanzierten Mutter, setzte ich den nächsten Plan in Bewegung. Da ich nur einen Kopfhörer meines Headsets aufgesetzt hatte, hörte ich, wie meine Eltern in ihrem Schlafzimmer verschwanden. Ich zockte noch eine Weile, bevor ich den PC ausschaltete und leise mein Zimmer verließ. So schlich ich vor das Zimmer meiner Eltern, legte mein Ohr an die Tür, und als ich das Schnarchen meines Vaters vernahm, öffnete ich sie. Sie knarzte kurz, doch das störte meinen Vater nicht beim Motorengeräusche-Imitieren. Ich hatte nie verstanden, wie meine Mutter daneben schlafen konnte. Schnell hatte ich im Dämmerlicht einen geeigneten Ort gefunden, an dem ich meinen

Vater im Liegen noch sehen konnte. Sobald ich es mir halbwegs bequem gemacht hatte, zog ich die Augenklappe hoch, blickte auf die Uhr meines Handys und sah gegen die Bettdecke, unter der mein Vater lag. Mein Blick fand sein Gesicht.

Schon war ich zum dritten Mal an diesem Tag in einem anderen Körper. Ein Schnarchen erstickte mir im Mund. Vor mir sah ich den Hinterkopf meiner Mutter. Ihre Decke hob und senkte sich gleichmäßig. Als ich mich umdrehen wollte, rührte sich der Körper meines Vaters nicht. Das Gehirn war wach, doch der Körper schlief noch immer und war deshalb erstarrt. Ein paar Male versuchte ich mich noch zu bewegen, doch als nichts geschah, gab ich auf. Wieso schaffte ich es nicht, den Körper zu wecken? Warum bloß? Warum... Langsam wurde ich müde. Das düstere Licht, die warme Decke, das gleichmäßige Atmen neben mir drückten mir förmlich die Augen zu.

5 – Elena

»Nayan, du fauler Sack!«, blaffte mein Vater. Ich wurde grob geschüttelt und riss die Augen auf.

In meinen Händen erschlaffte mein eigener Körper, den ich scheinbar unter den Achseln angehoben hatte. Beinahe wäre er mir aus den Händen gefallen, doch ich konnte gerade so noch die Schulter festhalten.

»Oh mein Gott Rosha, lass unser Kind los!«, kreischte meine Mutter hinter mir. Vorsichtig legte ich meinen scheinbar leblosen Körper ab und ging einen Schritt zurück. Sofort eilte sie an mir vorbei und untersuchte meinen wirklichen Körper bestürzt auf Lebenszeichen. Dann ließ sie ihn liegen und wandte sich mir zu. Schützend befand sie sich zwischen meinem Körper und meinem Vater, welchen ich kontrollierte.

»Wie kannst du nur sowas tun? Er hat bestimmt eine Gehirnerschütterung oder sowas!«

Ich schwieg, war aber stolz darauf, dass meine Mutter mich endlich mal in Schutz nahm.

»Antworte mir!«

Ihre Augen waren aufgerissen. Sie verschränkte die Arme vor der Brust. Ich konnte ihre Angst dennoch problemlos wahrnehmen. Was tat mein Vater meiner Mutter an, wenn ich nicht anwesend war? Ich war mir sicher, die Situation schlimmer zu machen, falls ich weiterhin nichts sagen würde, daher antwortete ich mit der Stimme meines Vaters: »Der Bengel hat einfach in der Ecke unseres Zimmers geschlafen. Wofür hat er denn sein eigenes?«

Meine Mutter schnaubte bloß und hob dann unbeholfen meinen Körper hoch. Währenddessen blickte sie immer wieder über die Schulter, um zu sehen, was ich tat. Dann trug sie angestrengt Nayan aus dem Zimmer.

Da ich nichts mit meinem Vater anzufangen wusste, setzte ich mich auf das Bett und starrte in die Leere. Ich war also eingeschlafen. War es im Körper meines Vaters geschehen oder sofort nach meiner Rückkehr? Eine weitere, unbeantwortete Frage.

In meinem eigenen Bett erwachte ich diesmal ordentlich und sanft. Meine Mutter hatte mich zugedeckt, bevor sie das Zimmer verlassen hatte. Draußen hörte ich meinen Vater fluchen, dass er schon wieder zu spät dran sei. Grinsend zog ich die Decke über meinen Kopf und ließ den Schlaf erneut kommen.

Den Großteil dieses Tages verbrachte ich im Bett, wenn ich nicht etwas aß oder das Bad besuchen musste. Ohne aufzustehen zockte ich ein Spiel an meinem PC mithilfe eines kabellosen Controllers. Meine Mutter kam nach Hause, doch ich setzte meine Augenklappe nicht auf. Natürlich kam sie bald darauf in mein Zimmer. Ich schlüpfte in ihren Körper und beschloss, ein wenig Kniebeugen und Sit-Ups zu machen, um mich weiter an die Motorik von anderen Körpern zu gewöhnen. Doch als ich wieder in meinem Körper war, zog ich die Augenklappe an und beschloss, für den Tag niemanden mehr zu übernehmen. Somit verlief der Abend ruhig. Meine Mutter erinnerte mich mehrmals daran, dass ich ab dem nächsten Tag wieder zur Schule gehen dürfte, es aber mir überlassen war, ob ich mich aufgrund meines „Traumas" noch länger krankmelden lassen wollte. Normalerweise hätte ich sofort laut „ja" geschrien, doch ich wollte unbedingt meine Fähigkeit an meinen Klassenkameraden ausprobieren. Schließlich hatten sie entweder mit Keith gemeinsame Sache gemacht oder hatten einfach nichts unternommen, wenn er mich drangsaliert hatte.

Außerdem posaunte Mama stolz, dass sie einen ersten Termin bei dem Psychotherapeuten Dr. Kunig gleich am nächsten Montag vereinbart hatte. 13 Uhr, das hieß, ich musste früher aus der Schule gehen. Vielleicht würde ich doch dorthin gehen, wenn es auch nur dafür wäre, dass meine Mutter mich in Ruhe ließ. In meinem Kopf erstellte ich einen imaginären Kalender. Morgen würde ich wieder die Schule besuchen, danach kam auch schon das Wochenende. Keiths Tod war bereits zwei Tage her.

Ich ging ein wenig später ins Bett als üblich, wenn ich am darauffolgenden Tag in die Schule musste.

Diese Entscheidung bereute ich bereits, als mein Wecker klingelte. Natürlich bekam ich jetzt nicht die Augen auf, immerhin hatte ich es eilig. Nach meiner gehetzten Morgenroutine begab ich mich auf den Schulweg.

Mein Klassenraum war bereits offen. Einzeln saßen ein paar Mitschüler im Raum. Zu meiner Überraschung saß sogar Thomas auf seinem Platz neben Keiths ehemaligen Stuhl. Waren die beiden nicht total gut befreundet gewesen? In der Grundschule waren Thomas und ich unzertrennlich gewesen, doch er hatte sich abgewandt. Verräter. Er wusste ja gar nicht, weshalb ich die Augenklappe trug.

Ich begab mich auf meinen Platz hinten rechts. Üblicherweise war ich der letzte, der den Raum betrat. Auch heute sollte das so bleiben. Es kam niemand mehr. Wir würden wohl nur zu siebt sein.

Plötzlich klopfte jemand vor mir auf meinen Tisch. Ich riss mich aus den Gedanken und sah Elena vor mir stehen. Sie war das größte Mädchen der Klasse und überragte mich im Stehen um einen Kopf. Da ich saß, musste ich den Kopf in den Nacken legen, um ihr ins Gesicht sehen zu können. Außerdem waren ihre Schultern breiter als meine. Ihr blondes Haar trug sie wie immer als geflochtenen Zopf, der ihr geradeso bis zur Schulter reichte. Wenn ich so darüber nachdachte, hatte sie noch nie eine andere Haarlänge gehabt. Sie ging wohl oft zum Friseur. Genauso wie Thomas kannte ich sie schon seit der Grundschule, war ihr jedoch nie wirklich nahe gewesen. Trotzdem fand ich sie einigermaßen hübsch.

»Nayan?«, fragte sie traurig, weil ich nicht reagierte.

»Hm?«, grummelte ich.

»Ich wollte dich nur mal fragen, wie es dir denn geht, nachdem du am Dienstag zusammengebrochen bist, als …«

»Ach so. Du denkst also, ich wäre zusammengebrochen, weil ich das mitansehen musste?«

Elena zog einen Stuhl herbei und setzte sich mir gegenüber hin. Dann schüttelte sie den Kopf und beugte sich vor.

»Nayan, du bist zusammengebrochen, bevor Keith … nun ja … die Bahn geknutscht hat«, zischte sie. Ihre Tonlage war nun überhaupt nicht mehr traurig. Sie hatte Keith auch nie gemocht.

»Äh, also«, stammelte ich, »Keith hat mir ja meine Augenklappe abgezogen und das Band ist wohl irgendwie gegen meine Schläfe geschnallt. Ich bin einfach umgefallen.«

»Hör mal, kein anderer scheint sich daran zu erinnern, dafür sind alle zu sehr unter Schock. Für meine Freundinnen ist klar, dass du in Ohnmacht gefallen bist, NACHDEM Keith erwischt wurde. Du lagst vorher schon. Also … hat deine Augenklappe dich K.O. gehauen und dann kommst du einfach heute wieder her und tust so, als wäre nichts gewesen?«

»Du hast recht«, pflichtete ich ihr bei und ärgerte mich, dass ich keine Erklärung hatte, warum ich wieder in der Schule war. Hoffentlich fragte sie nicht weiter nach. Elena lag schon förmlich auf dem Tisch und ich spürte ihren Atem.

»Die Leute, die hier sind, haben den Unfall nicht wirklich gesehen oder sind wie du und ich.«

»Das wäre?«

»Mir könnte Keith nicht unwichtiger sein und die Leiche habe ich nicht gesehen. Das hätte mir glaube ich eher was ausgemacht. Du wiederum hast ihn gehasst.«

Ich überlegte kurz, ob ich eigentlich die Leiche gesehen hatte und kam zu dem Schluss, dass dies nicht so war. Den Zug hatte ich gesehen, aber dann erst wieder Frau Seidemann und die Bahnhofsdecke. Ich nickte kurz.

»Warum der da hier ist, weiß ich nicht.« Sie deutete unauffällig auf Thomas, meinen ehemaligen Freund und nun auch Keiths ehemaliger Handlanger. »Aber der ist mir fast genauso egal. Jedenfalls, wenn du reden möchtest, komm zu mir.«

»Danke«, sagte ich knapp. Elena rutschte zurück und stand auf. Eine Erinnerung schwappte in mir hoch. Bei einer Übernachtung in der Sporthalle in der Grundschule – damals konnte ich noch beide Augen frei verwenden – war ich nachts aus einem Alptraum aufgeschreckt und hätte fast geschrien, wenn Elena mich nicht von der „Mädchenseite" aus mit einem Kuscheltier abgeworfen hätte. Sie war leise zu mir herüber gekommen und hatte gefragt, was los sei. Nachdem ich ihr noch immer atemlos von meinem Traum erzählt hatte,

hatte sie mir erklärt, dass sie unter „In-som-nie" litt. Sie schlief nur wenig bis gar nicht, daher war auch sie zu diesem Zeitpunkt wach gewesen. Außerdem hatte sie gesagt, dass ihr manchmal die „Emotionen fehlten". Das stimmte allerdings. Ich hatte sie bis zum jetzigen Tag noch nie laut lachen oder weinen sehen. Immerhin lächelte sie häufiger mal, schätze ich. Wieso sie sich um mich sorgte, war mir ein Rätsel.

Kaum hatte sie den Stuhl zurückgestellt und sich zwei Reihen vor mir auf ihren Platz gesetzt, kam ein Mann mit Halbglatze herein. Eigentlich hätten wir nun Politik bei unserer Klassenlehrerin haben sollen.

»Ihr seid ja weniger als ich dachte«, sagte er mehr zu sich selbst als zu uns. Lauter fuhr er fort: »Hallo, ich bin Herr Mohnläufer. Ich muss euch informieren, dass Frau Seidemann für die nächste Zeit krankgeschrieben ist, außerdem möchte sie danach nicht mehr in eurer Klasse unterrichten. Es würde nicht an euch liegen, aber sie könnte nicht mehr vor diese Klasse treten. Da wir heute nicht besonders viele sind, möchte ich mit euch einfach ein wenig wiederholen.«

Somit begann der Unterricht. Das Blättern und Gerede unseres Lehrers langweilten mich schnell, sodass ich mich schon bald entschloss, Thomas ein wenig zu blamieren. Hinterlistige Ratte.

Da ich ohnehin schon mit unter meinem Kopf verschränkten Armen auf dem Tisch lag, prüfte ich bloß durch kurzes Wackeln am Tisch, ob meine Position stabil war. Immerhin wollte ich nicht als schlaffer Körper vom Tisch rutschen. Wenn ich einfach liegen blieb, würde es so aussehen, als wäre ich eingeschlafen. Allerdings ging ich sowieso davon aus, dass keiner auf mich achten würde. Ich legte mich auf meine Arme, peilte Thomas mit meinem freien Auge an. Er stützte gerade sein Kinn mit einer Hand, während er mit der anderen an seinem Mäppchen herumzupfte. Dann entfesselte ich meine Kraft.

Ich spürte den Druck an meinem Kinn und das raue Material des Mäppchens an der Hand. Mein Rücken war so nass vor Schweiß, dass das T-Shirt an ihm haftete. Ich setzte mich aufrecht hin und überprüfte durch eine Drehung nach links, ob ich richtig gelegen hatte, dass Nayan nun richtig lag. Das tat er. Wieso hatte ich denn den Mund so dämlich offen?

Ich schüttelte den Kopf. Egal. Jetzt würde ich Thomas, den Verräter, bestrafen. Ein breites Grinsen versuchte durchzudringen, doch ich unterdrückte es. Für den Moment. Ich hatte den genauen Plan für mein Schauspiel im Kopf. Ruckartig stand ich auf und trat den Stuhl mit der Ferse nach hinten weg, sodass dieser gegen einen leeren Tisch krachte. Alle Blicke richteten sich auf mich. Fünf Schüler, ein Lehrer. Schnell stemmte ich mich auf den Tisch und stand auf. Es war nicht schwer, die Balance zu halten.

»Denkt ihr nicht auch, dass es letztlich ein Vorteil für uns war, dass Keith vor den Zug gefallen ist?«, erklang Thomas' Stimme aus meinem Mund.

»Wir sind frei, wir sind erlöst!«, brüllte ich nun. Alle starrten mich fassungslos an.

»Glotzt nicht so blöd! Ganz ehrlich, wer mochte den schon? Ich war doch auch nur ein Arschkriecher, weil ich mir jedes Mal in die Hose gemacht habe, wenn er mich auch nur böse angeguckt hat. Wenn ich in seinen dicken Hintern gekrochen bin, konnte er mich ja nicht sehen, ist doch klar!«

Ich ließ meinen Blick durch den Raum schweifen und versuchte dabei so zu wirken, als hielte ich mich für besonders toll. Herr Mohnläufer hatte das Buch abgelegt und einen Finger gehoben, doch wusste offensichtlich nicht mit der Situation umzugehen. Die Schüler starrten mich mit offenen Mündern an, bloß Elena runzelte nur die Stirn.

»Reicht jetzt, du kommst jetzt mit ins Sekretariat«, sprach der Lehrer aus Verzweiflung. Doch ich war noch nicht fertig.

»Dein Unterricht ist scheiße langweilig, alter Mann!«

Ein Mädchen irgendwo im Raum kicherte. Mohnläufer kam auf mich zu gestapft. Ich sprang vom Tisch herunter und landete knapp vor ihm. Während ich ihn anstarrte, wie ein Boxer, trat ich nach hinten aus, sodass mein Tisch scheppernd zu Boden fiel. Mein Fuß schmerzte von dem Tritt. Sofort wurde ich grob am Arm gepackt und zur Tür des Raums geschleift. Ich spuckte dem Lehrer auf die Hose, doch er verstärkte nur seinen Griff um meinen Arm, während er mich hinter sich herzog. Zornig öffnete er mit der anderen alle Türen auf dem Weg zum Schulsekretariat.

Ich sah aufgrund meines Arms vor meinen Augen nichts, hörte aber, wie drei Mädchen und der Junge irgendwo hinten im Raum laut darüber redeten, was eben vorgefallen war.

»Dass der das einfach so macht…«

»Ich finde das gehört sich nicht.«

»Also ich fand's lustig.«

Sie redeten weiter, doch als ich den Kopf hob, blickte ich nur direkt in Elenas Gesicht. Sie hatte sich abermals mit einem Stuhl mir gegenüber platziert, sich ein wenig über meinen Tisch gebeugt und stützte mit beiden Fäusten ihre Wangen.

»So siehst du aus wie ein Fisch«, sagte ich. Sie legte die Hände auf den Tisch.

»Hast du wirklich so fest geschlafen?«, fragte sie ernst.

»I-Ich denke schon, was ist denn los? Haben wir schon Pause?«

»Verarsch' mich nicht, Nayan. Du kannst doch unmöglich so fest geschlafen haben, dass du weder durch den Stuhl, noch durch den Tisch, noch durch das Geschrei aufgewacht bist. So fest schlafe ich nicht mal nachts«, meinte sie und hob eine Augenbraue.

»Ach, was weißt du schon übers fest schlafen«, konterte ich schnippisch, aber leise. Ich respektierte sie genug, um ihre Krankheit nicht jedem unter die Nase zu reiben. Sie zuckte nur kurz mit dem Mundwinkel, bevor sie fortfuhr, als hätte ich nichts gesagt.

»Ich habe eben an deiner Schulter gerüttelt und auf deinen Arm gemalt. Auch dadurch bist du nicht aufgewacht. Du hast nicht einmal geschnaubt oder sonst irgendwie reagiert. Ich dachte schon du wärst tot, daher habe ich dann deinen Puls geprüft. Du hast ganz schön flach geatmet und auch dein Puls war eher auf Winterschlaf gestellt.«

Den letzten Teil bekam ich kaum mit, da ich meine Arme untersuchte, bis ich den kleinen Pandakopf fand, den sie mir mit einem Kugelschreiber aufgemalt hatte. Schwarz. Ich wusste nie, wie man an schwarze Kugelschreiber kam. Ich sah in den Geschäften immer nur blaue.

»Was soll das denn sein?«, fragte ich dann.

»Ich finde es süß«, erwiderte sie kleinlaut, schüttelte dann aber den Kopf.

»Lenk nicht vom Thema ab. Was war denn los mit dir? Geht's dir nicht gut?«

»Doch, doch, mir geht's gut. Ich habe wohl einfach ein wenig zu fest geschlafen.«

Elena hielt inne und sah mir einen Moment lang tief ins Auge. Sie glaubte mir nicht.

»Du willst es mir nicht sagen, daher Themenwechsel: Warum trägst du eigentlich diese Augenklappe? Es gibt doch keinen Grund, deine Augen zu verstecken. Hässlich sind sie zumindest nicht.«

»Ich finde es cool«, sagte ich. Meine Standardantwort, wann immer mich jemand danach fragte.

»Du bist seltsam.«

»Du doch auch.«

Ich konnte unmöglich feststellen, ob sie ihre Aussage ernst gemeint oder ob mein Konter sie beleidigt hatte. Immer nur dieser neutrale Gesichtsausdruck.

»Du hast mir doch mal gesagt, dass deine Eltern lange arbeiten, richtig? Was hältst du davon, wenn ich nach der Schule für eins, zwei Stunden mit zu dir komme? Das würde dir die Möglichkeit geben, ungestört mit mir über deine Probleme zu reden. Wenn du es willst, versteht sich.«

Ihre Frage kam unerwartet. Da ich für einige Sekunden keine Antwort wusste, ergriff sie wieder das Wort.

»Oh Gott, das hat sich falsch angehört. Ich wollte nur helfen, so unter Freunden. Blöde Wortwahl.«

Ein leichtes Rot huschte über ihre Wangen. Einen Moment lang spielte ich mit dem Gedanken, sie wirklich mit nach Hause zu nehmen und ihr dann mein Herz auszuschütten. Ich konnte ihr auch meine Gabe erklären. Sie wirkte so schön und nett in diesem Augenblick, dass ich beinahe schwach geworden wäre.

»Nein, ich möchte heute gerne allein sein. Danke aber für das Angebot, Elena. Ich weiß es zu schätzen, aber keine Sorge, mir geht es gut.«

Elena schluckte, nickte und erhob sich. Nachdem sie den Stuhl halbherzig zurückstellte, schlurfte sie wieder auf ihren Platz, wo sie den Kopf in den verschränkten Armen vergrub.

Meine Gedanken waren schnell wieder bei Thomas. Es hatte wirklich gutgetan, es einfach krachen zu lassen, einfach blöd draufloszureden und sich auch dem Lehrer zu widersetzen. Was der ahnungslose, echte Thomas sich nun anhören musste? Ich musste breit grinsen. In diesem Moment kam Herr Mohnläufer wieder in das Klassenzimmer. Allein.

»Bitte wieder zurück auf eure Plätze! Du da vorne, aufwachen!«

»Ich schlafe nicht«, murrte Elena, hob aber trotzdem den Kopf. Sie starrte gerade nach vorne. Hatte sie meine Ablehnung verletzt?

»Thomas wird nach Hause gebracht. Er war auf einmal völlig verwirrt. Das alles macht ihm wohl doch mehr zu schaffen, als er es selbst zugibt. Hoffen wir eine gute Besserung.«

Ja, es schien alles super gelaufen zu sein. Ich freundete mich immer mehr mit meiner anfangs noch so verhassten Fähigkeit an.

Zusammen mit unserem Lehrer wiederholten wir noch einige Themen, bis er uns vorzeitig nach Hause schickte, da es keinen Sinn machen würde, eine so kleine Gruppe zu unterrichten. Gelangweilt schob ich alles von meinem Tisch in den Rucksack, wobei ich nicht im Geringsten darauf achtete, ob etwas zerknickte. Als ich aufstand, bemerkte ich, dass Elena bereits verschwunden war. Schulterzuckend ging ich an ihrem Tisch vorbei. Was hatte sie denn plötzlich? Ich kam schon alleine zurecht.

Nach ein paar Minuten verließ ich die Schule. Sofort bemerkte ich, dass Elena auf der gegenüberliegenden Straßenseite stand. Wartete sie auf mich? Ich ignorierte sie jedoch und setzte meinen Weg auf meiner Straßenseite fort. Den schnellen Schritten hinter mir nach zu urteilen, hatte sie die Straßenseite gewechselt und rannte nun hinter mir her. Hoffentlich würde sie nicht aufdringlich werden. Sie war ja nett und alles, aber ICH musste mehr über meine Fähigkeit lernen. ICH konnte das Böse in der Welt bekämpfen. Dafür musste ich niemandem erklären, was ich tat.

»Nayan!«, keuchte sie, als sie mich eingeholt hatte und mir eine Hand auf die Schulter legte.

»Hast du mich nicht gesehen? Es ist viel zu warm zum Hinterherrennen.«

»Nein, sorry.«

Ich blieb stehen und drehte mich gespielt unwissend zu ihr um. Bevor sie fragen konnte, weshalb sie auf mich gewartet hatte, ergriff sie nun ruhiger das Wort.

»Ich wollte mich nur für meine Aufdringlichkeit vorhin entschuldigen, ich wollte dich nicht bedrängen. Immerhin bist du eher ein Einzelgänger. Das ist alles, was ich sagen wollte.«

Ich nickte knapp und erwiderte, dass alles in Ordnung sei und ich den Vorschlag eigentlich ganz nett fand.

»Vielleicht ein anderes Mal. Wenn du reden möchtest, dann ruf mich an, du hast ja meine Nummer auf der Klassenliste. Ansonsten einen schönen Tag!« Sie lächelte schwach und drehte sich dann für ihren Heimweg um.

»Wird nicht nötig sein. Dir auch einen schönen Tag.« Ich drehte mich ebenfalls um und ging los. Kurz darauf trottete ich an der einzigen zweispurigen Straße im Ort entlang. Autos rauschten an mir vorbei.

Plötzlich erklang ein lautes Hupen. Ich sah sofort, wie ein rotes, windschnittiges Auto sich zwischen den anderen mit zu hoher Geschwindigkeit hindurchdrängelte. Ängstlich gingen die anderen Autofahrer vom Gas oder wichen aus. Während der Idiot mir entgegen kam, hörte ich immer lauter, wie ein schreckliches Ballermann-Lied durch die offenen Fenster des Wagens dröhnte. Zu dem üblichen Kopfschütteln und „was für ein schlechter Autofahrer", kam diesmal eine weitere Idee in meinen Kopf. Dieser autofahrende Idiot war zwar kein Verbrecher, aber eine Gefahr. Wenn ich wirklich ein Held werden wollte, meine Mitmenschen auch schützen können. Entschlossen senkte ich den Kopf. Noch etwa fünf Sekunden, bis er an mir vorbeifuhr. Ich konnte das schaffen. Ich war ein Held. Seht mich an, ich mache den Straßenverkehr ungefährlicher! Ohne weiter über eine gemütliche Position nachzudenken, kniete ich mich hin und lockerte die Augenklappe. Das darunterliegende Auge ließ ich jedoch zunächst geschlossen. Die Musik war endlich nah genug und ich entfernte das Piratenaccessoire. Erst, als das rote Auto mich passierte, riss ich das Auge auf. Ein kurzer Schimmer des breit grinsenden, langhaarigen Typen blieb auf meiner Netzhaut stehen.

Das Auto fuhr schnell. 77 km/h. Unkontrolliert schoss das Auto ein Stück nach links, da ich mich mitten in einem der vielen Überhol-

vorgänge befand. Ich konnte nicht Auto fahren, zusätzlich behinderte diese Musik mein Denken. Bevor ich in das vor mir befindliche Auto fuhr, drückte ich die Bremse. Zumindest drückte ich das Pedal, von dem ich dachte, es sei die Bremse. Stattdessen heulte der Motor auf und das Auto beschleunigte. Panisch versuchte ich, das Auto doch an dem anderen vorbei zu manövrieren, aber schaffte es nicht. Dumme Idee. Der rechte, vordere Teil kollidierte mit den Rückleuchten des anderen Autos. Glas splitterte, mein Wagen kam ins Schleudern und ehe ich die Situation begriffen hatte, befand ich mich quer zur Straße. Doch zu Stehen war das Auto längst nicht gekommen. Meine Reifen quietschten, der Bordstein des Bürgersteigs, auf dem Nayan noch vor zwei Minuten entlanggelaufen war, stieß das Auto nach oben, wo es dann zuerst frontal mit einer Laterne, dann mit der flachen Hauswand zusammenstieß. Hitze brodelte auf meinem Gesicht, meine Hände schienen taub. Ein weißer Sack hing vor mir aus dem Lenkrad heraus. Über mir hörte ich einen Knall, als die Laterne, welche ich mitgenommen hatte, umfiel. Das Dach raste auf mich zu, dann wurde alles dunkel. Mein Nacken wurde von einem gewaltigen Schmerz erfüllt, meine Lungen füllten sich, aber nicht mit Luft. Gurgelnd erstickte mein Schrei.

Endlich floss Luft in meine Lungen. Doch keine qualmende Luft, sondern die frische Luft eines Sommertages. Außerdem spürte ich den warmen Bürgersteig unter meinen Armen und meinem Kopf. Reflexartig schob ich meine Augenklappe zurück auf das Auge, bevor ich die Augen öffnete und mich aufrichtete. Mein Kopf pochte, doch sonst ging es mir gut. Ich tastete ihn ab und stieß auf bereits angetrocknetes Blut über meiner Schläfe. Das hatte ich davon, wenn ich mich nicht gut platzierte, bevor ich in einen anderen Körper tauchte. Was war eigentlich geschehen? Mein Blick wanderte hinter mich. Sofort bemerkte ich die vielen Autos mit Warnblinker und die schwelende Rauchfahne an der Hauswand. War der Mann gestorben? Ich schulterte meinen Rucksack und eilte zurück. Das rote Auto war um ein Drittel geschrumpft, da der Motorraum eingedrückt worden war. Ich konnte nicht in das Innere des Autos sehen, doch ich sah den Laternenpfahl, welcher erst bis zur Hauswand gewandert und dann wieder in Richtung Straße auf den Sportwagen gefallen war. Das ohnehin schon flache Dach des Autos war an dieser Stelle eingedrückt. Aus dem Motorblock stieg eine Rauchfahne. Es brannte wohl nicht. Noch nicht. Drei Männer standen an einer der Türen, wuchteten daran herum, doch sie schien sich nicht zu bewegen. Eine Frau telefonierte und verkündete dann, dass sie unterwegs seien. Dann krachte die Tür und einer der Männer verlor das Gleichgewicht, sodass er zu Boden fiel. Ein anderer schob seinen Oberkörper in das Auto. Ein Augenblick verstrich, ehe er wieder aus dem Auto kam. Er schluckte schwer und sagte langsam: »Da ist nichts mehr zu machen. Nichts für schwache Nerven.«

Neugierig stellte ich mich auf die Zehenspitzen, doch konnte nichts erkennen. Der Raser war also tot. Ich hatte ihn umgebracht. Doch ich fühlte mich nicht schlecht, schließlich hatte der Idiot eine Strafe verdient. Vielleicht nicht so hart, aber was konnte ich dafür, dass er vorher in einer Situation gewesen war, die ich nicht kontrollieren konnte. Es machte mir nichts aus. Ich hatte ja weder ihn noch Keith mit Absicht getötet. Vielleicht sollte es einfach so sein.

»Der Typ war 'n Raser. Er hat euch alle in Gefahr gebracht. Warum seid ihr jetzt so niedergeschlagen?«, fragte ich leise. Eine Frau starrte mich daraufhin erschrocken an. Sirenen waren zu hören, doch ich machte mich auf den Heimweg. Zuhause würde ich erst einmal meine Wunde am Kopf säubern. Die Ankunft der Feuerwehr sah ich schon nicht mehr, da ich in eine andere Straße bog.

6 – Keine Therapie

Am darauffolgenden Samstag weckte mich meine Mutter zu früh, indem sie an meine Zimmertür klopfte.

»Nayan, steh auf! Du gehst heute den Therapeuten kennenlernen! Zwing mich nicht, in dein Zimmer zu kommen und dich dorthin zu schleppen.«

Murrend suchte ich meine Decke am Ende des Bettes und zog sie dann über meinen Kopf. Das einfachste würde sein, wirklich zum Therapeuten zu gehen und von ihm die Bestätigung zu bekommen, dass ich nicht verrückt war. Ich funktionierte wie ein normaler Mensch, war doch klar.

Daher kramte ich meine Sachen zusammen und zog mich um. Als ich am Frühstückstisch erschien, las mein Vater die Zeitung. Meine Mutter nickte mir lächelnd zu.

»Hör mal, Nayan«, sprach mein Vater, »hier steht, dass gestern Nachmittag ein Autofahrer gar nicht weit weg tödlich verunglückt ist. Das liegt genau auf deinem Schulweg. Was hättest du denn gemacht, wenn es auf dich zugerast wäre? Wahrscheinlich hättest du es gar nicht gesehen, da du nur mit einem Auge guckst. Da siehst du mal, wie gefährlich so ‘ne Piratenscheiße sein kann.«

Ich ignorierte die Provokation und schmierte mir stattdessen mein Brot.

»Mama, gibst du mir die Adresse vom Therapeuten?«

Sie war kurz überrascht, doch dann zog sie den vom Krankenhaus hervor.

»Ich kann gerne mitkommen.«

»Nein danke, Mama. Ich denke ich kann mich besser entfalten, wenn ich alleine dorthin gehe.«

»Der Junge will sich doch nur davor drücken«, meinte Vater. Ich erklärte ihm, dass ich ihm gerne eine Unterschrift vom Therapeuten mitbringen konnte, wenn er sich Gedanken machte. Damit war das Gespräch erledigt und schon bald war ich mit dem Bus unterwegs zur Praxis.

Der fehlende Schlaf machte sich schon bald bemerkbar und ich konnte mich kaum wachhalten. Irgendwann verlor ich den Kampf und dämmerte ein.

»Nächster Halt: Dammweg«, ertönte die monoton klingende Frauenstimme aus dem Lautsprecher. Aus irgendeinem Grund riss es mich diesmal aus meinem Schlaf.

Dammweg? Ich war zu weit gefahren. Meine Station war bereits vor zehn Minuten angefahren worden. Sofort sprang ich auf, drückte den „Stopp"-Knopf mehrfach und stellte mich an die Tür. An der angekündigten Station stieg ich aus und nachdem ich mich umgesehen und versucht hatte, mich zu orientieren, stapfte ich genervt in die Richtung, in der ich die Praxis vermutete. Mir fehlte so langsam jegliche Motivation, was mich träge machte. Wie sich herausstellte, lag ich mit der gewählten Richtung falsch. Natürlich bog der Bus auf seinem Weg auch mal ab und fuhr nicht nur stumpf geradeaus. Wenn ich der Straße also folgte, würde ich nicht einmal an der Praxis vorbeikommen. Ohne groß nachzudenken, verließ ich die Straße und bog in eine Seitenstraße ein. Sofort fiel mir ein Müllhaufen auf, der einen modrigen Geruch verströmte. Die Gasse verwinkelte sich und wurde ein ganzes Stück enger, sodass es gleichzeitig auch dunkler wurde. Das Sonnenlicht kämpfte sich seinen Weg an Dachziegeln, Stahlträgern und Hauswänden vorbei. Vor einer geschlossenen Metalltür lag eine Person im Dreck. Ihre Kleidung war braun und schmierig, und sie hatte zwischen ausgerissenen Haaren eine blutige Kopfwunde.

Vorsichtig näherte ich mich dem Menschen und zuckte zusammen, als er aufstöhnte. Er lebte also.

»Alles in Ordnung?«, zischte ich und blieb mit einem kleinen Sicherheitsabstand stehen.

»Öhhh«, grummelte der Mann am Boden.

»Brauchst du Hilfe?«, fügte ich hinzu.

»Lassmichinruhe.«

Die Worte schwappten so seltsam aus seinem Mund, dass sie eher wie ein einziges klangen. Nun nahm ich ein weiteres Geräusch – mehrere Geräusche sogar – wahr. Zum einen waren da die Bässe einer gedämpften Musik und zum anderen laute, ebenfalls gedämpfte Stimmen. Die Wut konnte ich durch die Mauern hören. Immer wieder krachte etwas. Meine Atmung ging schneller. Hier musste eine versteckte Bar oder ähnliches sein. Was wäre denn ein besserer Ort, um meine Fähigkeiten in einer Prügelei zu testen? Aufregung füllte meinen Kopf, blendete jeglichen Sinn für Gefahr aus. In meinem Wahn stieß ich die massive Tür auf und betrat einen alten, von einem schiefen Kronleuchter beleuchteten Gang. Im hinteren Teil lag eine Menge Bauschutt, doch daneben führte eine Treppe nach oben. Die Musik und die Stimmen klangen lauter zu mir. Scheppernd fiel die Tür hinter mir zu. Ich unterdrückte mein dämliches Grinsen und ging vor Aufregung keuchend die Treppe hinauf. Ich hatte so richtig Lust auf einen Kampf.

Dann öffnete ich die am oberen Ende der Treppe befindliche, vergilbte Tür und betrat den Raum, aus dem die ganzen Geräusche kamen. Obwohl es erst Mittag war, befanden sich erstaunlich viele Leute hier. Überall standen alte Holztische mit Bänken, an denen auch meist Männer saßen. Im Zentrum des Raumes stand eine dunkle, lange Bar, hinter der ein Mann mit langem Bart zu mir sah, bevor er sich dann wieder umdrehte. Vor der Bar war eine leere Fläche, welche ursprünglich wohl zum Tanzen gedacht gewesen war, doch hier standen jetzt nur einige Männer gekrümmt im Kreis. In ihrer Mitte torkelten zwei oberkörperfreie Typen umher und schwangen die Fäuste in dem Versuch, das Gegenüber zu erwischen. Die Menge johlte, wann immer ein Treffer gelandet wurde. Bei einem weiteren Blick in den Raum sah ich, dass auch die Leute an den Tischen zusahen oder bereits in ihrer eigenen Kotze schliefen. Wie konnte man nur zu dieser Uhrzeit schon besoffen sein? Oder … noch besoffen sein?

Außerdem bemerkte ich jemanden, der im Vergleich zu den anderen nicht betrunken schien. Ein Mann mit braunen Haaren, welche zu einer Igelfrisur aufgestellt waren, und dunkelblauer Jeansjacke saß im hinteren Bereich, sodass er sowohl die Bar als auch die Prügelgrube im Blick hatte. Seine Hände konnte ich nicht sehen, da er sie unter den Tisch gesteckt hatte. Genau wie der Gastwirt hatte auch er mich angesehen, als ich den Raum betreten hatte. Er wirkte jünger als der Rest der Anwesenden.

Trotz der lauten Musik verdrückte ich mich leise an der Wand entlang zu einem Platz in einer der Ecken. Nun saß ich exakt auf der anderen Seite des Raumes zum braunhaarigen Mann. Er warf mir noch einen weiteren Blick zu, bevor er sich den Prügelnden zuwendete. Seine Hände blieben nach wie vor unter dem Tisch.

Es war soweit. Ich befreite mich von der Angst, dass man meinem Körper etwas antat, während ich in einem anderen Körper festsaß. Immerhin konnte ich ja trotzdem jederzeit eingreifen, nicht wahr? Dann lehnte ich mich an die Wand und ließ mich ein wenig auf der Bank zusammensinken.

Kaum hatte ich die Augenklappe gehoben, befand ich mich im Körper einer der Männer, die sich oberkörperfrei prügelten. Alles schwankte, mein Blick konnte sich kaum fokussieren, doch meine Gedanken blieben klar. Der Schmerz, welcher entstand, als mein Gegenüber mir einen Schlag gegen den Brustkorb versetzte, hallte dumpf nach. Es war, als stünde ich unter einer Betäubung, die meinen Geist jedoch in Ruhe ließ. Keine Zeit für solche Gedanken! Zeit, diesen trägen Körper zu bewegen.

Ich schlug mit der rechten Faust zu, jedoch folgte der Körper meinem Befehl erst ein wenig später. Der Schlag saß, da mein Gegner ebenso lahme Reaktionen hatte. Er taumelte ein Stück zurück. Als er sich wieder vorwärts bewegte, sah ich feine, silbrige und beinahe durchsichtige Fäden, welche mich an ein Spinnennetz erinnerten. Sie sprossen aus dem Nacken meines behaarten, stinkenden Feindes heraus und verbanden diesen mit der hinteren Ecke. Dort saß der braunhaarige Mann. Er riss die Augen weit auf, als ich ihn durch die Augen meines gestohlenen Körpers anblickte. Mein Herz begann zu rasen, ich wusste nicht wieso. Ein Gefühl, dass er durch meine Fähigkeit hindurchsehen konnte, machte sich in mir breit. Was hatten diese Fäden zu bedeuten?

Vor lauter Gedanken und Angst hatte ich das Kampfgeschehen vergessen. Eine klobige Faust rammte sich in mein Gesicht. Meine Nase knackte und der Schmerz betäubte meine glühende Stirn. Das Bild drehte sich noch mehr, verengte sich. Meine Schulter kollidierte mit dem Boden, dann wurde alles schwarz.

Erschrocken zuckte ich hoch und sah mich um. Ich zitterte, als ich meine Augenklappe auf das geschlossene Auge setzte. Warum? Selbst nach Keiths Tod – oder dem Tod des Autofahrers – hatte ich nicht gezittert, ich war bloß angespannt gewesen. Der Betrunkene war doch nur bewusstlos, oder? Ein weiterer, ängstlicher Blick in die gegenüberliegende Ecke zeigte mir, dass der braunhaarige Mann verschwunden war.

Die Menge in der Mitte grölte und beugte sich über den fetten, bewusstlosen Mann, in dessen Körper ich eben noch gesteckt hatte. Er atmete schwer.

Die unerklärliche Angst, die sich immer weiter in mir ausbreitete, wurde unerträglich, sodass ich zügig aufstand und, ohne zurückzublicken, zur Tür huschte. Schnell war ich auch die Treppe hinuntergelaufen, doch bevor ich die Tür zur befreienden, frischen Luft öffnen konnte, packte mich eine kräftige Hand fest am Oberarm und riss mich nach hinten. Der Griff löste sich und ich stolperte über einen Brocken Bauschutt. Mit großer Mühe konnte ich das Geländer der Treppe ergreifen, sodass ich nicht hinfiel. Ich schrie nicht, obwohl mein Herz raste. Schnell drehte ich mich um.

Vor mir stand der braunhaarige Mann aus der Bar. Seine Jeansjacke hatte er ausgezogen und über das Geländer gehängt. Das schwarze Top konnte die zahlreichen roten Striemen an seinen definierten Oberarmen nicht verdecken. Generell war er zwar groß, aber nicht besonders breit. Die Augenbrauen senkten sich und verwandelten seinen Blick in den eines wütenden Stiers.

Aus Panik griff ich nach meiner Augenklappe, zog sie hoch und starrte dem Mann direkt in das stoppelbärtige Gesicht. Nichts geschah. Nichts. Scheiße.

Er ballte seine Hände zu Fäusten.

»Junge«, sprach er mit einer tiefen Stimme, »du schuldest mir eine Erklärung, vorher gehst du mir nirgendwo hin.«

Ich keuchte bloß und starrte ihn mit weit aufgerissenen Augen an. Meine Fähigkeit – sie wirkte nicht! In diesem Moment, in der sie mich hätte retten können, verschwand sie einfach?

»Hör mal, ich bringe dich schon nicht um. Die Betrunkenen haben sich ja geprügelt. Wieso hat der eine plötzlich seinen Blick von seinem Kontrahenten gelöst und stattdessen in meine Richtung geblickt? Weißt du, was ich in diesem Moment sah?«

Er hielt einen Moment inne, doch als ich noch immer weniger reagierte als der Schutt hinter mir, fuhr er fort.

»Ich sah nicht die Augen eines Betrunkenen, ich sah die Augen eines Schülers. Deine Augen.«

Meine Augen zuckten hin und her, suchten einen Fluchtweg.

»Warum?«, fragt der Mann bestimmend.

»Weiß ich doch nicht«, brachte ich hervor. Er biss sich auf die Unterlippe.

»Ich kann es mir denken. Aber bevor du mit der Wahrheit rausrückst, erzähle ich dir etwas von mir: Ich glaube, du hast die Fäden gesehen, welche zu mir führten.«

Ich nickte.

»Das ist meine besondere Fähigkeit, sie tauchte vor etlichen Jahren einfach so auf. Als du dieses Haus verlassen wolltest, wollte ich sie auf dich anwenden, doch es wirkte nicht. Dir ging es eben genauso, nicht wahr?«

»J-Ja.«

»Gut. Ich glaube auch zu wissen, wie deine Fähigkeit funktioniert. Lass uns woanders darüber reden. Ich bin übrigens Mario.«

»Ich bin Nayan«, erwiderte ich.

Mario meinte, dass wir in eine Karaokebar ganz in der Nähe gehen könnten, um uns in Ruhe zu unterhalten. Abermals hätten bei mir alle Alarmglocken läuten sollen, doch seine Fähigkeit und warum beide Kräfte nicht wirkten, interessierte mich in diesem Moment brennend. Ich rückte meine Augenklappe zurück auf ihren Platz.

Schweigend stapften wir hinaus in die Gasse, bogen in die nächste Straße, liefen sie ein Stück herab und betraten dann einen mit Leuchtreklamen ausgestatteten Laden. Ein Glockenspiel ertönte, als wir eintraten.

»Tut uns leid, die Herren, aber wir haben noch geschlossen«, schmatzte eine kurzhaarige Frau mit Kaugummi im Mund und deutete auf ein Schild, auf dem die Öffnungszeiten niedergeschrieben waren.

Mo-Do 17:00-24:00 Uhr,

Fr 16:00-03:00 Uhr,

Sa 14:00-03:00 Uhr,

So 12:00-24:00 Uhr.

Aktuell war es 13:42 Uhr. Wir waren also tatsächlich 18 Minuten zu früh. Mario ging einen Schritt auf die Frau zu.

»Stell dich nicht so an, die Räume sind immer schon längst vorbereitet, auch wenn ihr noch nicht offen habt.«

Er knallte ein Bündel Scheine auf den Tresen.

»Ein Raum für zwei Stunden, 2-mal eine große Cola. Der Rest ist für deine Tasche, wenn du uns jetzt schon reinlässt.«

Mürrisch nahm die Frau die Scheine in die Hand, zählte sie durch. Ich sah deutlich, wie sich ihre Laune mit jedem Schein sichtbar verbesserte. Am Schluss lächelte sie freundlich und bat uns, ihr zu folgen.

Sie führte uns am Tresen vorbei und schloss dann eine der Türen im Gang dahinter auf. Die Tür trug die Aufschrift „2".

»Bitte sehr, die Getränke kommen gleich!«, flötete sie und hielt die Tür auf, bis wir beide in den Raum gegangen waren.

Der Raum war fast vollständig von einem Sofa ausgefüllt, das sich über drei der vier Wände erstreckte. In der Mitte der so entstandenen U-Form befand sich ein rechteckiger Kaffeetisch, auf dem sechs Mikrofone lagen. An der Wand gegenüber dem Sofa hing ein großer Fernseher und darunter ein Touchpad, auf dem man die Lieder auswählen konnte.

Schweigend setzte Mario sich auf das Sofa und rutschte ein Stück durch. Ich tat es ihm gleich, ließ jedoch eine Armlänge zwischen uns frei. Er starrte auf den Tisch. Ich wollte etwas sagen, doch die Stille drückte förmlich auf mich ein.

Einen Moment später klopfte es und die Frau trat ein. Sie stellte zwei große Gläser mit Cola auf den Kaffeetisch, wünschte uns viel Spaß und verschwand wieder nach draußen.

Mario hob den Kopf.

»So. Jetzt haben wir unsere Ruhe. Damit du dich sicherer fühlst, sollte ich wohl anfangen, immerhin kenne ich meine

Fähigkeit schon länger, als du überhaupt lebst. Ich kann seit meinem 13. Lebensjahr andere Menschen kontrollieren, indem ich meine Finger ausstrecke, die Person mit meinem Blick fixiere und dann die Hand zur Faust balle. Daraufhin musst du dir das ganze Vorstellen wie ein Marionettenspiel. Von allen zehn Fingern laufen feine Fäden zu meinem Opfer, sodass ich dann durch Auf-Und-Ab-Bewegungen der Finger die volle Kontrolle über den Köper des anderen habe. Er oder sie wird zu meiner Puppe.«

Er ließ die Finger tanzen, als seien sie die Gliedmaßen einer Spinne.

»Die kontrollierte Person selbst kann während der Kontrolle nicht selbst agieren und behält auch keine Erinnerungen an die Zeit währenddessen. Außerdem kann niemand außer mir die Fäden sehen, das habe ich reichlich getestet. Glaub mir. Du bist mir deshalb aufgefallen, weil du eindeutig diese Fäden gesehen hast. Außerdem wirkten sie nicht bei dir. Das kam noch nie vor. Du bist dran. Warst du das im Körper des Betrunkenen?«

Ich holte tief Luft. Es gab keine Flucht aus dieser Situation. Vielleicht konnte Mario mir sogar helfen! Ich erläuterte ihm die Funktionsweise meiner Fähigkeit, betonte, dass ebenfalls niemand sonst meine Augen im Körper eines anderen sah und dass auch meine Fähigkeit nicht gegen ihn wirkte. Nachdenklich kratzte er sich am Kinn.

»Deine Fähigkeit ist fast schon stärker als meine. Sobald auch nur eine Glasscheibe dazwischen ist, wirkt meine Fähigkeit nicht mehr. Außerdem kann ich mit dem fremden Körper nicht reden oder feine Bewegungen ausführen. Dafür ist dein eigener Körper komplett hilflos, während du woanders feststeckst und kaum kontrollieren kannst, wie lange. Trotzdem … du hast Potential.«

»Potential wozu?«

»Ein Held zu sein, Nayan. Deshalb hast du dir doch einen Decknamen gegeben, oder?«

»Nayan ist mein echter Name«, sagte ich zögernd. Daraufhin zuckte er mit dem Mundwinkel.

»Wieso verrätst du mir deinen echten Namen? Hör mal, wenn du mit deiner Fähigkeit Großes bewirken willst, dann musst du dein Privatleben … privat halten.«

»Dann heißt du nicht Mario?«

»Mario ist die Kurzform von ›Marionettenspieler‹. Das ist mein Deckname. Tut mir leid, aber meinen echten Namen verrate ich dir nicht. Privatsache.«

»Oh«, flüsterte ich. Konnte er mir wirklich helfen, ein Held zu werden? War er bereits selbst ein Held?

»Du fragst dich bestimmt, was das Gerede vom Heldentum soll, oder?«

Ich nickte begeistert.

»Nun, ich stellte irgendwann fest, dass Mitschüler zu quälen nicht das Wahre und dass meine Fähigkeit zu etwas großem bestimmt war. Ich trainierte meine Kraft, lungerte in dunklen Gassen herum, um Kleinkriminelle zu erwischen, diese zu kontrollieren und sie dann dazu zu bringen, ihr eigenes gottverdammtes Messer in ihren eigenen gottverdammten Brustkorb zu versenken!«

Seine Stimme zitterte vor Aufregung, endlich jemandem von seinen Erfolgen zu berichten. Ich verstand seine Taten vollends.

»Doch das war nicht meine Bestimmung, daher klinkte ich mich irgendwann in den Polizeifunk ein. Ich bin inzwischen live dabei, wenn ein Verbrechen begangen wird. Wie Batman, der mit dem Batsignal gerufen wird, eile auch ich herbei und arbeite verdeckt. Es gibt doch nichts Einfacheres, als den Verbrecher dazu zu bringen, sich selbst zu erledigen. Keiner sieht mich und keiner stellt den plötzlichen „Selbstmord" eines Verbrechers auf der Flucht infrage. Keine Sorge, ich töte nicht jeden. Meist entwaffne ich sie und lass sie niederknien, bis die Polizei auftaucht. Sie sind danach zwar verwirrt, aber lassen sich abführen. Ich denke, du kannst das auch, Seher.«

Ich strahlte. ›Seher‹ – das war ein guter Deckname. Ich konnte also wirklich ein Rächer wie Batman sein.

»Bringst du es mir bei?«, fragte ich grinsend.

7 – Sei ein Held

Ich hatte Mario meine Fähigkeit bis ins kleinste Detail erläutert – zumindest das, was ich selbst wusste. Er nahm mich ernst, hakte hier und da nach und nickte immer wieder verständnisvoll. Als unsere gebuchte Zeit sich dem Ende näherte, erhob er sich, nickte mir freundlich zu und meinte: »Denke mal, wir treffen uns dann die Tage wieder, dann beginnen wir damit, deine Fähigkeit und deren Grenzen auszutesten. Wenn es dir nichts ausmacht, kann ich dir die Adresse meines Verstecks geben.«

Das war nicht, wie ich es mir vorgestellt hatte. Außerdem würde sich mein Vater darüber beschweren, dass ich doch nicht beim Therapeuten gewesen war. Als Held, der ich sein wollte, konnte ich keinen Hausarrest gebrauchen. Das würde alles nur noch weiter verzögern.

»Ich möchte sofort damit anfangen, meine Fähigkeit zu testen und zu trainieren. Immerhin trage ich sie schon bald zwei Jahre in mir.«

Verwunderung zeigte sich in Marios Gesicht.

»Zwei Jahre? Und du hast nie etwas damit gemacht?«

»Naja, ich habe mich geschämt, habe die Augenklappe getragen, damit ich niemanden übernehme und hatte Angst. Angst vor dem, was ich aus Versehen machen könnte.«

»Aber steckt da kein Interesse in dir?«

»Ja, in letzter Zeit ist es gestiegen, seitdem ich ...«

Ich zögerte. War es schlau, Keiths Tod zu erwähnen? Was, wenn Mario davon abgeschreckt wäre, dass ich jemanden getötet hatte? Da fiel mir ein, dass er vorhin selbst noch mit vor Aufregung zitternder Stimme erzählt hatte, wie er Kleinkriminelle in den Selbstmord trieb.

»Ja?«, hakte er nach.

»…seitdem ich einen Klassenkameraden übernahm und dann vor einen Zug stürzte.«

Ich erzählte die Geschichte und fuhr dann mit dem Raser fort, an dessen Tod ich ebenfalls schuldig. Ihm schien die Erwähnung der Toten kalt zu lassen. Wo andere schockiert gewesen wären, wollte Mario bloß eines wissen:

»Wie fühlt es sich an, im Körper einer anderen Person zu sterben? Wie viel bekommst du mit? Wie fühlt sich der Tod an?«

»In beiden Fällen fühlte ich vor allem Schmerzen, aber sonst spielten meine Sinne verrückt, sodass der Moment unmittelbar vor dem Tod ein einziges Chaos aus Eindrücken war.«

Seinem Gesichtsausdruck nach zu urteilen, war er nicht zufrieden mit der Antwort. Aber ich konnte nicht beschreiben, wie der Tod sich anfühlte. Es war beide Male so schnell passiert und im Nachhinein war das Chaos der Sinneseindrücke zu schnell verblasst.

»Ich habe aber angefangen, meine Fähigkeit zu testen und alles zu dokumentieren.«

Noch während ich sprach, griff ich in meine Tasche und holte das Notizbuch hervor, in das ich meine Beobachtungen geschrieben hatte. Mario nahm es zügig entgegen und blätterte darin.

»Hm … ja … sieht doch gut aus«, sagte er schließlich. »Was als nächstes anstehen würde, wären Tests, um die Dauer der Übernahme unter deine Kontrolle zu bringen. Sie muss nicht unbedingt länger werden, aber zur Not solltest du aus den fremden Körpern herauskommen können, ohne die andere Person umzubringen.«

Die Anzeigetafel vor uns klingelte und zeigte, dass unsere Zeit soeben abgelaufen war.

»Nimm mich heute schon mit in dein Versteck!«, warf ich ein, bevor er verschwinden konnte.

»Du bist noch Schüler, du hast Eltern, die sich Sorgen um dich machen. Dort solltest du erstmal wieder hin. Außerdem haben sie dir hoffentlich beigebracht, nicht mit Fremden mitzugehen, oder?«, erwiderte Mario.

Ich zögerte nicht lange. »Meine Eltern sind mir egal. Sie erwarten, dass ich zu einem Psychologen gehe, weil ich dabei war, wie ein Klassenkamerad vor einen Zug „gefallen" ist. Er wollte es nicht anders und hat es auch irgendwie verdient.«

Er grinste breit.

»Genau meine Rede! Manche haben es einfach verdient. Das heißt, du haust von zuhause ab? Ist das eine gute Idee?«

Mein Blick wanderte auf meine Hände. Ich ballte sie zu Fäusten.

»Das ist wahrscheinlich meine beste Idee seit längerem.«

So verließen wir die Karaokebar, ohne auch nur ein Lied gesungen zu haben. Mario hatte mir verboten, über unsere Fähigkeiten in der Öffentlichkeit zu reden. Wir wussten beide, dass ich mein Handy ausschalten musste, da meine Eltern und die Polizei es sonst tracken würden. Der Bildschirm erlosch und ich ließ es in meiner Hosentasche verschwinden. Tschüss, bis auf unbestimmte Zeit. Wir setzten uns in Bewegung, Mario vor mir. Da mir nicht nach Smalltalk war, folgte ich ihm nach draußen in die Gasse, dann um zwei Blocks herum, bis etwas mehr Sonnenlicht auf uns fiel und wir vor einem alten, angerosteten Auto standen. Mario schloss die Fahrertür des braunen Kombis manuell auf, ging um das Auto herum und schloss auch die Beifahrertür auf.

»Bitte sehr. Ich weiß, mein alter Wagen ist nicht wirklich gut, aber solange er noch fährt…«

Ich stieg auf der Beifahrerseite ein und plumpste etwas unbeholfen auf den sehr tiefen Sitz aus hellem Stoff. Mario wiederum setzte sich hinter das Lenkrad, steckte den Schlüssel in die Zündung, drehte ihn, drehte ihn wieder zurück, zog ihn raus, schob ihn wieder rein und drehte ihn erneut. Das Auto machte einen kleinen Ruck nach vorne und sprang an. Verlegen kratzte sich der Marionettenspieler am Kopf.

»Wenn ich die Karre sofort starte, erstickt der Motor sich mit dem Benzin selbst. Das dauert dann. Aber keine Sorge, wir sind ein eingespieltes Team. Wir kommen immer gut an.«

Als der Motor beim Losfahren statt aufzuheulen eher hustete, fragte ich mich dennoch, ob es so schlau gewesen war, einzusteigen.

Die Fahrt dauerte nicht lange und verlief ereignislos, doch ich gelangte zum zweiten Mal an einem Tag in ein Viertel meiner Stadt, in dem ich noch nie gewesen war. Wir befanden uns am Rande der Stadt, direkt dort, wo ein Fluss sich durch das Gelände grub und unsere Stadt von einer anderen auf der gegenüberliegenden Flussseite trennte. Hier standen viele prächtige, große Häuser, oft mit teuer aussehendem Material verkleidet und mit großen, gepflegten Gärten. Doch statt bei einem dieser Häuser zu halten, fuhr Mario von der befestigten Straße ab und auf einen Pfad für Fahrzeuge des städtischen Wasserschutzes, welcher direkt zum Fluss führte. Links und rechts säumten Bäume den Weg und versperrten so größtenteils die Sicht.

»Wo willst du hin?«, fragte ich ängstlich, als der Fluss bedrohlich nah kam.

»Mein Versteck ist am Fluss.«

Wir fuhren über eine kleine Erhöhung und erst dort sah ich zwischen den Bäumen das kleine Betongebäude, von außen verlassen aussah.

»Früher wurden hier irgendwelche Messungen des Wassers im Fluss vorgenommen, aber es steht nun mindestens fünfzehn Jahre leer. Keiner interessiert sich für ein verschollenes Gebäude im Wald und auf matschigem Boden in Flussnähe«, erklärte Mario, während er den Wagen routiniert zwischen zwei Bäumen direkt neben dem Betonklotz parkte. Keine zwei Reihen von Bäumen trennten uns von der ruhig fließenden Strömung des Flusses. Vorsichtig öffnete ich die Tür, damit ich sie nicht an einen Baum schlug.

»Drück den Knopf an der Tür runter, dann muss ich nicht ums Auto laufen, um sie abzuschließen.«

Ich tat wie gebeten und folgte ihm dann zur Tür des mit Graffiti verschandelten Bunkers. Mario zog einen Schlüsselbund hervor und schob einen großen, angelaufenen Schlüssel in das Schloss der Tür. Neugierig wanderte mein Blick dorthin. Fünf verschiedene Schlüssel hingen dort, der Autoschlüssel war jedoch keiner davon, ihn trug er separat mit sich. Bestimmt führte einer dieser Schlüssel zu seiner Privatwohnung, wo er sein normales Leben führte. Darüber würde er mir aber bestimmt nichts erzählen, außerdem wollte ich ohnehin nichts mehr mit meinem normalen Leben zu tun haben – ich wollte nur noch mein Leben als Held führen.

Mario stieß die Tür auf, welche sich nach innen öffnete und hielt sie mit einem ausgestreckten Arm geöffnet.

»Nach dir.«

Ich ging hindurch und betrat zum ersten Mal das Versteck, das noch lange mein Zuhause sein würde. Die Wände des einzelnen Raumes waren aus kahlem Beton. In der Mitte des Raumes stand ein braunes Sofa, aus dem an der Seite die Füllung herausquoll. Davor befand sich ein kleiner, flacher Tisch, auf dem ein Radioempfänger mit Drehrädchen stand und so den Blick auf einen Röhrenfernseher auf einer Kommode verdeckte. In der entferntesten Ecke des Zimmers stand vollkommen offen eine Duschkabine, eine Toilette gab es nicht. Noch an derselben Wand, die von der Dusche wegführte, sah ich ein Campingbett, eine Elektroheizung und einen Stapel Dosenessen. Direkt neben dem Eingang war zudem ein kleiner Kühlschrank als auch ein Campingkocher. Hier und da ragten aus den Wänden alte Rohre heraus und ein Sicherungskasten mit dem altbekannten „Elektrizität"-Warnsymbol verdeckte wenigstens etwas Betonwand.

»Hübsch hier«, sagte ich, obwohl das nicht stimmte. Aber es war aufregend, der Ort fühlte sich an wie ein richtiges Versteck.

»Du musst nicht lügen, es sieht kacke aus hier. Aber man ist ungestört und das ist das Wichtigste.« Mario zog die Tür hinter sich zu und schloss die Tür ab. »Hier höre ich in den Polizeifunk hinein, um mich mit auf die Jagd zu machen oder schaue Nachrichten im Fernsehen für größere Stories. Hier und da habe ich kleine Verbrecher fangen oder töten können, aber bislang habe ich mich noch nicht an die ganz großen Fische herangetraut. Zudem bringt diese Arbeit kein Geld ein, denn einen toten Kleinkriminellen für etwaiges Kopfgeld zur Polizei zu schleppen führt eher zu Ermittlungen gegen mich. Aber gemeinsam hätten wir Rückendeckung füreinander – dann können wir an die größeren Fälle ran.«

Begeisterung schoss durch mich.

»Das klingt super, wann geht es los?«

Stirnrunzelnd ließ Mario sich auf dem Sofa nieder. »Wenn wir bereit sind. Wenn du deine Fähigkeit besser unter Kontrolle hast. Und wenn du weißt, wie du dich zu verhalten hast.«

»Verhalten?«

»Wann du einen Verbrecher töten solltest und wann nicht. Ich töte keine Taschendiebe, sondern lasse sie einfach in die Arme der Polizei laufen. Meistens stehlen sie nur für ihr Überleben. Anders bei Mördern, Vergewaltigern oder ähnlichem Gesocks – sobald ich meine Fäden auf ihnen habe, bringe ich sie dazu, sich selbst zu töten. Verstehst du? Es hängt immer von der Schwere der Tat ab. Schließlich möchten wir doch Helden und Rächer und nicht selbst Mörder sein.«

Während er sprach, hatte ich mich ebenfalls auf das breite Sofa gesetzt, nur um mit den Augen zu rollen. Als ob ich nur rumlaufen und alles und jeden töten würde. Natürlich war mir das bewusst, dass ich auch ein Held sein konnte, ohne Blut zu vergießen. Auch wenn das ohne Zweifel die spannenderen Fälle waren…

»Ach ja, übrigens kannst du deine Augenklappe gerne ausziehen, solange du hier drinnen bist. Es gibt keine Fenster und ich scheine ja immun gegen deine Gabe zu sein.«

Das ließ ich mir nicht zweimal sagen und zog die Augenklappe ab, bevor ich sie in meiner Hosentasche verstaute.

»Um mit deiner Fähigkeit zu üben, würde ich morgen mit dir zurück in die Stadt fahren, wo ich dir dann ein paar Aufgaben gebe. Wenn ich nicht ganz dumm bin, ist morgen ein verkaufsoffener Sonntag, dann sollte einiges los sein. Lass uns hingehen. Es sei denn, du willst nicht.«

»Hör auf mit den Zweifeln an mir! Ich werde morgen üben«, beschwerte ich mich.

Mario lachte bloß auf, erhob sich und ging zu der Dosenpyramide bei dem Campingbett.

»Was darf es sein? Ravioli, Linseneintopf oder Tomatensuppe? Die Zeit für Mittagessen ist fast schon vorbei.«

»Solange sie nur fast vorbei ist. Ich nehme Ravioli«, antwortete ich.

Sofort sammelte Mario zwei Dosen Ravioli auf, holte einen Dosenöffner hervor und öffnete sie. Dann trug er routiniert den Campingkocher nach draußen. Einen Moment lang ließ ich meinen Blick durch den Raum schweifen, bis er mit der ersten Dose zwischen zwei Topflappen wieder hereinkam.

»Deine Portion ist fertig«, sagte er und stellte das Essen vor mich auf den kleinen Tisch, stets darauf bedacht, seinen Radioempfänger nicht zu berühren. Er legte noch eine Gabel und einen Löffel dazu, bevor er wieder nach draußen verschwand. Ich beugte mich vor, nahm das Besteck und begann zu essen. Es schien ewig zu dauern, bis Mario zurückkam, deshalb war ich schon halb fertig, als er sich an sein Essen machte.

Der restliche Tag verging viel zu schnell für meinen Geschmack. Mario und ich unterhielten uns noch ein wenig über unsere Fähigkeiten – über sein Privatleben wollte er eindeutig nicht reden, aber ansonsten gab er gut und gerne seine Meinung zu allen möglichen Themen ab. Als es bereits später Abend war, forderte er mich auf, mich zum Feldbett zu begeben – er selbst würde auf dem Sofa schlafen. Auch wenn ich noch nicht schlafen wollte, wollte ich möglichst früh den nächsten Tag erleben. Meine erste Übung für meine Karriere als Held, der wirklich etwas verändern konnte. Dieses Versteck war nicht schön, aber es war perfekt. Hier konnte ich mich wie ein Held fühlen, um später einer zu werden.

8 – Versuchsobjekte

Ich lag schon eine halbe Ewigkeit wach und starrte im leichten Dämmerlicht, das in diesem fensterlosen Bunker durch eine kleine Glühbirne in der Ecke erzeugt wurde, auf die Uhr an der Wand. Endlich raschelte es – Mario schob auf dem Sofa die Decke von sich, stand auf und schaltete direkt die Neonröhren über uns ein. Sie flackerten kurz, bevor sie ihr volles Licht auf mich warfen. Angestrengt kämpfte ich gegen die Helligkeit an und blickte dabei auf Mario. Mit beiden Augen. Erschrocken zuckte ich kurz zusammen, doch erinnerte mich dann, dass ich ihn nicht kontrollieren konnte.

»Ich wusste, dass du schon wach bist, Seher. Deine Ungeduld war im ganzen Raum zu spüren«, lachte Mario, entsperrte die Tür nach draußen und stellte sich selbst in den Türrahmen. »Ah, es gibt doch nichts Schöneres als einen kühlen Sommermorgen … mit Aussicht auf Regen. Super.«

»Regen hat doch etwas Beruhigendes, außerdem sind weniger Leute draußen. Das Gefühl der Regentropfen in den Haaren hat mich schon immer runtergebracht.«

Das gedachte Fragezeichen von Mario war kaum zu übersehen. Doch dann zuckte er mit den Schultern und meinte: »Ist heute aber nicht praktisch, wenn weniger Leute unterwegs sind – wir haben dann weniger Auswahl an Testpersonen für dich. Am besten gehen wir los, bevor es regnet.«

So aßen wir dann eine Kleinigkeit, bevor wir uns in Marios Auto setzten und er mich zurück in die Stadt fuhr, wo er in der nächstbesten Gasse parkte, in der man kostenlos für zwei Stunden parken konnte.

»Ich weiß auch schon, wo wir anfangen, komm mit!«

Schnell kontrollierte ich nochmals, dass meine Augenklappe richtig saß, bevor ich nervös hinter dem Marionettenspieler aus der Gasse in eine breite Fußgängerzone mit vielen Geschäften trat. Ich war hier schon ein paar Mal gewesen, schließlich befanden sich hier die besten Geschäfte der Stadt. Noch während ich mich orientierte, schlängelte sich Mario durch die Menschen, die hier gemütlich im Shoppingrausch des verkaufsoffenen Sonntags entlangschlenderten. Schnell machte ich mich auch auf den Weg, folgte ihm. Aus dem Augenwinkel meines unverdeckten Auges sah ich geradeso zwischen zwei Frauen mit viel zu langen Mänteln für dieses warme Wetter, wie er in einem Einkaufszentrum verschwand. Ich eilte hinterher, ein wenig besorgt, dass ich ihn verlieren würde. Die Schiebetür öffnete sich direkt vor mir und ich blieb keuchend stehen, als ich Mario am Fuß einer Rolltreppe warten sah.

»Keine Sorge, ich hatte dich die ganze Zeit im Blick«, lachte er. Ich fand das nicht gerade sehr witzig. Wortlos betrat er dann die Rolltreppe, welche ein Stockwerk übersprang, bevor sie dann im zweiten Obergeschoss mündete. Mit einem großen Satz landete ich hinter ihm.

»Im vierten Stock gibt es hervorragendes Süßgebäck in einem Café. Dieses Café hat außerdem eine kleine Außenterrasse, von der man super einen Blick auf die gesamte Fußgängerzone hat — wenn du verstehst, was ich damit sagen will.«

Natürlich verstand ich. Von einer ordentlichen Höhe aus und in eine Menschenmenge hinein würde ich Reichweite und Präzision meiner Fähigkeit testen können.

Wir fuhren noch zwei kleinere Rolltreppen hinauf und betraten dann das oberste Geschoss des Einkaufszentrums. Hier strahlte das Licht durch viele große Fenster hinein und warf das Licht auf einen Wintergarten, der den Großteil des Stockwerks einnahm. Ansonsten befanden sich hier eine Pizzeria, ein Laden, der allerlei kitschige Souvenirs verkaufte, und das besagte Café. Der Eingang war klein und in einer Ecke, doch darüber hing ein großes Banner mit der Aufschrift „Café Höhenflug". Naja, ich war in meinem Leben schon auf Aussichtstürmen gewesen, die höher waren. Aussichtsturm. Einen.

In Gedanken versunken war ich Mario blindlings hinterhergelaufen und fand mich plötzlich in einem von zwei Korbsesseln an einem runden Glastisch wieder. Um uns herum war ein ebenfalls gläsernes Geländer, das etwa meine Brusthöhe erreichen würde – wenn ich stünde. Auf der eher kleinen, mit Holzboden geschmückten Terrasse waren noch vier weitere Tische, welche aber allesamt unbelegt waren. Der Grund dafür waren wohl der beißende Wind und die dunklen Wolken, die eindeutig Regen ankündigten. Die Menschen in der Fußgängerzone hatten davon noch nicht so viel mitbekommen, aber hier oben war das drohende Unwetter deutlich zu spüren. Wunderbar.

»Ich habe keine Wechselkleidung im Versteck«, murrte Mario leise, während er besorgt in den Himmel starrte.

»Und ich habe gar keine Kleidung mehr außer die, die ich trage«, gab ich zurück.

»Wir kümmern uns darum.«

Eine blonde Frau mit Schürze trat zu uns auf die Terrasse und fragte uns nach unserer Bestellung. Ich hatte noch nicht in die Karte geschaut, doch Mario bestellte augenblicklich zwei Latte Macchiato und zwei Zimtschnecken. Die Frau bedankte sich und ging wieder in das Gebäude.

»Ich trinke keinen Kaffee«, sagte ich. Es war mir viel zu bitter. Wer trank so etwas denn gerne, außer um wachzubleiben?

Mario lehnte sich über den Tisch zu mir und flüsterte dann: »Du musst den Kaffee nicht trinken. Wie wäre es, wenn du stattdessen die hübsche Kaffeedame übernimmst und schaust, ob der Kaffee dir in ihrem Körper schmeckt? Es wäre spannend zu wissen, ob du deinen eigenen Geschmackssinn behältst oder ihren bekommst. Ich vermute letzteres.«

Ich atmete tief ein. »Okay.«

Die Frau kam kurz darauf mit zwei Tabletts wieder und stellte diese mit je einem Glas Kaffee und einer in einer Serviette eingerollten Zimtschnecke.

»Sonst noch etwas?«, fragte sie. Mario nickte mir zu. Ich hob langsam die Hand und hob die Augenklappe bloß ein wenig an.

Ich sah, wie mein eigener Kopf nach hinten auf den Korbsessel fiel. Als ob ich einfach vor Müdigkeit eingeschlafen wäre. Nur unsanft. Ich drehte mich zu Mario um, welcher mich breit angrinste.

»Süß siehst du aus, Seher!«

»Ich weiß nicht, ob solche Aussagen angebracht sind. Auch nicht, wenn ich nicht in ihrem Körper stecken würde«, sagte die weiche Stimme der Kellnerin.

Er winkte ab. »Wie auch immer. Prost!«

Beim Reden hatte er sein Kaffeeglas gegriffen und angehoben. Ich tat es ihm gleich und stieß dann mit Mario an. Es war nicht gerade einfach, die Kraft und den Schwung richtig zu dosieren, da mein Körper sich anders verhielt – oder anders ausgedrückt: schwerfälliger. Irgendwie fing ich den Rückstoß ab und hob dann den Kaffee zu meinem Mund. Der Duft war schonmal echt gut. Ich trank einen Schluck und verbrannte mir prompt die Zunge. Hechelnd versuchte ich meinen Mund abzukühlen, doch eine taube Stelle blieb zurück.

»Und? Heiß?« Mario kratzte sich mit zwei Fingern über das Kinn. Er hatte noch nichts getrunken.

»Ja, heiß verdammt! Du hättest mich warnen können!«

»Soll ich dich das nächste Mal davor warnen, dass Wasser nass ist? Sag schon, wie schmeckt es dir?«

Ich nippte erneut an meinem Getränk, diesmal aber vorsichtig.

»Es ist ein wohliger, vertrauter Geschmack. Hat etwas Edles und … warte … vertraut?«

»Das ist spannend. Wirklich. Der Geschmack ist dir vertraut, obwohl du keinen Kaffee trinkst. Okay, weiter geht's. Stell das Glas ab und lass die Dame frei. Auf, los!«

Ich stellte das Glas ab und … blieb stehen.

»Machst du auch mal was?«, fragte Mario gespielt genervt.

»Was denn? Ich habe keine Ahnung, wie ich aus diesem Körper herauskomme, ohne zu sterben!«

»Hm. Du könntest es mit Schmerzen versuchen, die den eigentlichen Besitzer des Körpers wieder erwecken. Oder etwas sehr Peinliches. Du könntest anfangen, die Schürze auszuziehen und danach-«

»Hättest du wohl gerne. Das wäre vor allem würdelos und außerdem klappt das ziemlich sicher nicht.«

Er zuckte mit den Schultern.

Ich hob den Kopf und sah eine leicht verwirrte Kellnerin, welche noch immer ihre Hände genervt in die Hüften gestemmt hatte und nun ihre Muskeln entspannte. Da ich sie nur leicht angehoben hatte, war die Augenklappe glücklicherweise wieder über mein Auge gerutscht.

Einen Moment lang sahen die Kellnerin und ich uns hilflos an, bis Mario sie mit den Worten »Sonst nichts, vielen Dank« wegschickte. Ob sie sich über den Geschmack von Kaffee in ihrem Mund oder ihre verbrannte Zunge wunderte?

»Keine Zeit verlieren, ich will nicht nass werden! Als nächstes schau mal nach unten auf die Straße und …«

Er deutete auf ein Bündel Ballons, welches etwa zweihundert Meter entfernt unter uns vor sich hin schwebte.

»… übernimm diesen Ballonverkäufer dort.«

Ich tat einen tiefen Atemzug, bevor ich mich noch immer im Sitzen mit der Schulter an das Geländer neben mir lehnte und meinen Hals in die Höhe reckte, um einen besseren Blick auf den Mann zu bekommen. Überall wuselten Menschen umher, sodass es einen Moment dauerte, bis ich auf diese Distanz ausmachen konnte, wer denn nun die Ballons in der Hand hielt. Mehr, als dass es ein Mann war, konnte ich nicht ausmachen. Ob meine Fähigkeit auf diese Distanz wirkte? Ich gab mir große Mühe, alle anderen außer den Ballonverkäufer auszublenden und hob dann langsam mit einer Hand die Augenklappe an.

Der Ballonverkäufer stand direkt vor mir, lächelte mich an und überreichte mir einen Folienballon, in Form eines Einhorns. Mein Blick war nach oben gerichtet und meine Hand ausgestreckt. Verdammt. Ich steckte im Körper eines kleinen Mädchens neben meinem Ziel. An der Reichweite lag es also nicht, ich hatte mich nur nicht genug konzentriert.

»Na, warum guckst du denn plötzlich so böse? Gefällt dir der Ballon doch nicht?«, fragte der Mann mit einer Stimme, wie man sie sonst nur von Clowns kennt.

»Ich brauche den Ballon nicht«, sagte ich patziger, als ich es wollte.

»Amelia, was ist denn los?«, fragte eine Männerstimme hinter mir. Der Vater des Mädchens, nahm ich an. Eigentlich hätte ich mitspielen müssen. Eigentlich hatten die beiden es nicht verdient, dass ich ihren Vater-Tochter-Tag ruinierte. Eigentlich.

»Ich will diesen Ballon nicht. Ich will nicht versagen. Nur Versager bekommen einen Ballon, obwohl sie nichts geleistet haben!«, fauchte ich, während ich mich um die eigene Achse drehte. Ein bärtiger Mann, welcher gebeugt und mit den Händen auf den Knien dastand, blickte mich stirnrunzelnd an.

»Dann nimm den Ballon eben nicht. Aber das Geld verlange ich nicht zurück, du bekommst also auch nichts anderes dafür. Für eine Tüte Süßes habe ich aber noch Geld übrig. Bessert das vielleicht deine Laune?«

Diese Freundlichkeit kotzte mich an. Ich hatte versagt und wusste nicht, wie ich es Mario erklären sollte und der Mann bot mir Süßes an.

»Nerv mich grad mal nicht, alter Mann«, sagte ich, obwohl ich es nur denken wollte. Der Vater seufzte. Er streckte seine Hand aus und ich zuckte instinktiv zusammen, doch er griff bloß sanft meinen Arm und meinte dann: »Wir gehen wohl besser nach Hause.«

Ich zog Luft zwischen meinen Zähnen ein. Meine Position im Stuhl war merkwürdig tief. Schnell richtete ich mich auf.

»Man sieht dir an, dass du es nicht geschafft hast«, spottete Mario. Eigentlich stellte er es nur fest, aber ich hörte nur
blanken Spott. Ich biss die Zähne zusammen, lehnte mich
erneut an das Geländer, fokussierte mich auf den Mann mit
den Ballons – der nun keine Kunden hatte – und hob die
Augenklappe wieder ein wenig an.

*Einige Schnüre führten durch mein Blickfeld. Sie begannen an mei-
nem Handgelenk, wo sie an einer Art Armreif festgebunden waren und
führten dann hinauf zu einem Bündel Ballons. Bunte, teils folierte Ballons mit bekannten Figuren starrten mich leblos an.*

*Es hatte also geklappt. Geht doch. Triumphierend schnaubte ich
auf, was aus der Nase des dicklichen Mannes pfeifend klang. Und nun?
Die Leute in der Fußgängerzone beachteten mich kaum. Ob Mario
wenigstens zusah? Bestimmt hatte er seinen prüfenden Blick hierher
geworfen und versuchte nun zu erkennen, ob ich im Körper des Ballon-
verkäufers steckte oder nicht. Ich musste ihm ein Zeichen geben. Ich
könnte…*

*Schnell kramte ich in den Taschen des grünen Mantels und den tie-
fen Hosentaschen herum. Ich fand ein gebrauchtes Taschentuch, ein
Handy, eine große Geldbörse und auch das, wonach ich gesucht hatte:
Ein Taschenmesser. Irgendwie musste der Verkäufer immerhin seine
Ballons vom Armreif lösen können. Ich zog die Ballons näher an mich
heran und wühlte in ihnen herum, bis ich zwischen den Dinosauriern
und den Einhörnern endlich etwas passendes gefunden hatte. In einer
überraschend fließenden Bewegung, als hätte ich es schon etliche Male
gemacht, klappte ich das Taschenmesser auf und durchtrennte eine
Schnur, an der sich ein Ballon in der Form eines Piratenhuts befand.
Er löste sich aus dem Bündel heraus und schwebte immer schneller
werdend empor. Schnell war er an den Häusern vorbeigeflogen und setzte
seine Reise in den wolkenbehangenen Himmel fort. Windböen erfassten*

ihn und trugen ihn über die Häuserdächer aus meinem Blickfeld heraus. Ein paar andere Leute waren stehengeblieben, um dem Ballon scheinbar wehleidig hinterherzusehen.

Diesmal schreckte ich weniger abrupt hoch, schließlich war ich in einer ruhigen Situation gewesen. Mein Aufenthalt schien relativ kurz gewesen zu sein. Prompt bestätigte Mario mir meinen Gedanken.

»Ich hoffe, niemand ist gestorben, wenn du so schnell zurückbist.«

»Nein, keine Sorge.«

»Habe den Ballon gesehen, muss von dir gekommen sein. Also hast du es geschafft, hm?«

»Genau. Ich hoffe, du hast nicht an mir gezweifelt. Beim ersten Mal war ich bloß etwas unkonzentriert.«

Er runzelte die Stirn.

»Das hat doch nichts mit Zweifeln zu tun. Wir sind hier, um die Grenzen zu testen. Ich würde niemals so weit entfernt jemanden erreichen können.«

Ich lächelte. Es war doch angenehm zu wissen, dass er stärker eingeschränkt war als ich.

Der erste Regentropfen landete auf unserem Tisch. Dem ersten folgten viele, bis auch welche in meinem Kaffee landeten. Mario hatte seinen längst ausgetrunken und machte nun Anstalten, aufzustehen. Ich wusste zwar nicht wann, aber seine Zimtschnecke musste er auch verspeist haben.

»Lass' uns nach drinnen gehen, bevor wir komplett durchnässt werden.«

»Kann ich nicht noch einen Moment lang den Regen genießen?«, entgegnete ich. Mario zuckte mit den Schultern, stand auf und ging in das Café hinein, wo er sich im Türrahmen platzierte und mich kopfschüttelnd ansah. Ich wiederum blickte lieber nach unten auf die Straße, wo die Leute nun anfingen wie aufgescheuchte Hühner umher zu rennen, da sie verzweifelt Unterschlupf suchten. Echt dämlich. Als ob der Regen ihnen etwas tun würde.

Plötzlich stand die Kellnerin neben mir.

»Entschuldigen Sie, aber wir würden gerne den Außenbereich schließen, solange es regnet.«

»Okay«, sagte ich. Spaßverderberin.

»Nehmen Sie doch Ihren Kaffee und die Zimtschnecke mit«, meinte sie. Ich lehnte ab. Echt keine Lust auf das Getränk. Hunger hatte ich auch nicht. Drinnen erwartete Mario mich bereits mit einer neuen Idee.

»Seher, was hältst du davon, wenn wir unsere Kaffees kostenlos bekämen?«, zischte er mir zu, während die Kellnerin draußen alles zusammenräumte und leise über das Wetter fluchte. Vorsichtig sah ich mich um. Im Raum saß ein junges Pärchen, das vollends mit sich beschäftigt war, und ein alter Mann, welcher in seiner Ecke hinter seiner Zeitung eingeschlafen zu sein schien.

»An sich nett, aber sollten wir wirklich unsere Kraft für Belanglosigkeiten verwenden und zwei Gläser Kaffee stehlen? Klingt nach Machtmissbrauch«, gab ich leise zurück.

»Es ist doch zur Übung, hab dich doch nicht so. Siehst du die Tür mit dem runden Fenster da? Die führt zur Küche. Dort sieht man durch das Fenster immer mal wieder einen grauhaarigen Mann. Ich bin mir sicher, dass er der Boss ist.

Übernimm ihn und sag der Kellnerin, dass unsere Kaffee aufs Haus gehen.«

Langsam nickte ich. Mario streckte beide Daumen hoch und schob mich zu einem Stuhl nahe der Theke, wo auch die Kasse stand. Die besagte Tür war direkt dahinter und tatsächlich stand dort ein großer, grauhaariger Mann mit dem Rücken zu uns. Noch während ich ihn ansah und überlegte, ob ich wirklich in seinen Körper schlüpfen sollte, zuckte Marios Hand vor und hob meine Augenklappe an, sodass mein Blick mit beiden Augen auf den Inhaber des Cafés fiel.

Vor Schreck drückte ich so fest auf den Spritzbeutel in meiner Hand, dass der Großteil des Inhalts sich auf der Sahnetorte vor mir verteilte. Nun ja, dann gab es wohl ein wenig mehr rote Farbe auf der Sahne. Es passte mir eigentlich gar nicht, dass Mario mich dazu gezwungen hatte, in einen fremden Körper zu tauchen, aber immerhin verschwendete ich nun keine Zeit mehr mit Überlegen, ob ich es tun würde. Ich legte den Spritzbeutel neben die Torte, zögerte, da ich die Torte probieren wollte, doch drehte mich dann zur Tür um. Dahinter sah ich, wie Mario mir angestrengt zulächelte. Der Grund dafür war klar: Mein leblos wirkender Körper hing wie ein nasser Sandsack in seinen Armen. Noch bevor ich aus der Küche herauskommen konnte, hatte er Nayan zu den Toiletten getragen und dort verstaut.

»Läuft doch gut«, meinte er, als er wieder zurück war. »Bezahlen bitte!«

Die durchnässte Kellnerin kam fast augenblicklich hinein, stellte ein paar Sachen, die sie vor dem Regen retten wollte, auf einen der Tische und eilte dann zu uns.

Sie entsperrte die Kasse mit einem Pin-Code und begann dann damit, die Bestellung von Mario einzutragen. Währenddessen sah dieser mich durchdringend an. Dann fing er an, mir durch Nicken Zeichen zu geben. *Nun wäre meine Zeit, einzugreifen. Er wurde sichtlich nervös, hob die Augenbrauen, schob das Kinn vor und winkte mit der Hand.*

»Das macht dann 15,98€«, sagte die Kellnerin. Mario ließ fast schon erleichtert die Schultern sinken, als ich einen Schritt vor ging.

»Ich möchte, dass die Getränke des Herren aufs Haus gehen. Er ist ein treuer Kunde, und ich möchte mich für die netten Besuche bedanken.«

»Sind Sie sich sicher?«, fragte die Frau. Sie war sichtlich verwundert.

»Bitte stellen Sie meine Entscheidungen nicht in Frage.«

Am liebsten hätte ich noch ihren Namen hinter meinen Satz gehängt, doch ich wusste ihn nicht. Trotz allem nickte sie und löschte die Bestellung aus der Kasse.

»Alles klar, Sie haben den Chef gehört. Dann bedanke ich mich auch und wünsche einen angenehmen Tag, trotz des Wetters.«

Mario setzte sein nettestes Lächeln auf und bedankte sich ebenfalls.

»Und Sie kümmern sich bitte um den restlichen Außenbereich«, befahl ich. Die Kellnerin nickte mir zu und ging zügig wieder in den Regen. Ich beneidete sie.

»Perfekt«, raunte Mario mir nun zu. »Und jetzt geh zurück in die Küche und dann in deinen eigenen Körper.«

»Das zweite wird schwer«, erwiderte ich, drehte mich um und ging zurück in die Küche. Dort hob ich den Spritzbeutel wieder an, und zog noch drei rote und hässliche Striche. Konditor würde ich in diesem Leben nicht werden.

Ich schreckte hoch und knallte mit meinem Kopf gegen das Waschbecken der Männertoilette. Meine Hand fuhr zu der pochenden Stelle und ich fragte mich, warum Mario mich ausgerechnet in den Vorraum der Toilette unter das Waschbecken gesetzt hatte.

Die Tür ging auf.

»Seher, komm schon, wir sollten verschwinden!«

Mario packte mein Handgelenk, zog mich unter dem Waschbecken hervor und dann aus der Toilette heraus. Marios Blick fiel auf die Kellnerin, welche nun von draußen hereinkam und sich daran machte, die Tür zu verschließen. Er kicherte kurz und schnickte mit den Fingern. Dünne, silbrige Fäden schossen zu der Frau. Sie bohrten sich in ihren Oberkörper, aber hinterließen keine Wunden. Während Mario mich weiter aus dem Café herausschob, bewegte er seine Finger nur ein klein wenig, woraufhin die Kellnerin mit starrem Blick aus dem Raum und zum dritten Mal in den Regen ging. Erst auf der Rolltreppe hörte Mario auf, mich zu schieben und sprach leise: »Du hast mich echt zappeln lassen. Denkst du etwa, ich habe Geld dabei?«

Er lachte kurz auf.

»Das heißt, du hast das von Anfang an geplant? Du machst das öfter, oder?«

Grinsend legte er den Kopf schief.

»Na ja, wenn ich es alleine mache, ist es weniger *offiziell*. So hätte ich es gemacht: Ich kontrolliere mit meinen Fäden die Kassiererin und wandere einfach nach draußen. Sie erinnert sich nicht daran, dass ich vorbeigelaufen bin und es fällt ihr erst viel später auf, dass etwas nicht stimmt. Das Doofe daran ist, dass ich dasselbe Café besser erstmal eine Weile nicht aufsuchen sollte. Bei dir fällt es niemandem auf. Ich wünschte, ich könnte auch mit den anderen Körpern sprechen oder feinmotorische Aufgaben erledigen.«

Als wir das Gebäude unten verließen, schüttete es wie aus Eimern. Ich breitete die Arme aus und blickte mit geschlossenen Augen gen Himmel, aber Mario stürmte sofort los, sodass mir leider nichts anderes übrig blieb, als ihm zu folgen. Vollkommen durchnässt saßen wir dann schließlich in seinem Auto.

Während der Rückfahrt redeten wir über meine Erfolge. Ich fühlte mich nun deutlich sicher in der Anwendung meiner Fähigkeit. Nach der Ankunft im Bunker schrieb ich sofort alle Erlebnisse in meinem Notizbuch nieder. Mario, der sich trockene Kleidung aus der Kommode angezogen hatte, kam zu mir und meinte dann: »Gut, dass du alles aufschreibst. Hilft dir bestimmt später.«

Er trug nun einen lilafarbenen, zu großen Pullover.

»Danke«, sagte ich und wandte mich wieder meinen Notizen zu.

»Hey, Seher, ich müsste etwas in meinem Privatleben erledigen, daher würde ich mich auf den Weg machen und bin dann morgen Abend zurück. Bis dahin darfst du dich hier drinnen frei bewegen und bedienen – Essen ist genug vorhanden. Ich würde dir ja auch einen Schlüssel dalassen, damit du dich draußen bewegen kannst, aber ich habe nur einen.«

»Dann lass einen anfertigen. Ich habe gesehen, dass die Tür von außen nur mit Schlüssel aufgeht, also werde ich schon nicht rausgehen und mich aussperren«, meinte ich trocken. Toll, dass er einfach verschwand. Passenderweise dann, als es gerade gut lief.

»Ich wollte nur sagen, dass ich dich hier nicht einsperre. Bin dann mal weg. Und zieh dir bitte etwas trockenes an.«

»Mhm.«

9 – Blicke nach vorn

Ich schlug die Augen auf, tastete nach dem Lichtschalter in der Nähe des Feldbettes und sah dann auf die Uhr an der Wand. 8:31 Uhr, was hieß, dass ich fast zehn Stunden geschlafen hatte. Komisch. So müde hatte ich mich gar nicht gefühlt. Mario war selbstverständlich noch nicht zurückgekommen, weshalb ich mich aus dem Bett schwang und dann den Kühlschrank durchwühlte. Die ein wenig zu große Jogginghose, welche ich zum Schlafen aus Marios Kommode genommen hatte, ließ ich einfach an.

Schließlich setzte ich mich mit einer aufgewärmten Portion Ravioli auf das Sofa und starrte den ausgeschalteten Fernseher an. Ich suchte die Fernbedienung, doch stellte fest, dass es wohl keine gab – oder dass Mario sie sehr gut versteckt hatte. Ebenso prüfte ich meine Kleidung vom Vortag, welche ich zum Trocknen auf den Boden gelegt hatte. Sie war noch immer klamm. Im Anschluss ging ich zum klobigen Röhrenfernseher und drückte auf den großen, runden Knopf an dessen unteren Rahmen. Es flackerte kurz und dann erschien das unscharfe Bild und der verzerrte Ton eines Nachrichtensenders, der vom Unwetter des letzten Tages berichtete. In Ufernähe könne es vermehrt zu Überschwemmungen kommen.

Zwar befand ich mich zurzeit in Ufernähe, doch solange ich hier drin nicht durch Brackwasser watete, war mir eine Überschwemmung egal. Gemütlich aß ich meine Ravioli, zappte noch ein wenig mit den Tasten am Fernseher herum und schaltete ihn schließlich aus.

»Dann schaue ich mal, wie es um den Fluss steht«, sagte ich zu mir selbst und schlenderte zur Tür, welche ich dann vorsichtig öffnete. Der Boden direkt vor der Tür war ein wenig schlammig, fast schon aufgeweicht. Ich stellte einen Fuß in die Tür und lehnte mich dann ein wenig nach draußen, um einen besseren Blick zu bekommen. Trübes Flusswasser trieb langsam in etwa einem Meter Entfernung zum Bunker entlang. Näher als ich erwartet hatte. Ich nahm mir vor, Mario zu fragen, ob er schon einmal Wasser in seinem Versteckt gehabt hatte.

Der Tag verlief absolut ereignislos. Im Nachhinein wusste ich nicht mehr, wie ich mir die Zeit nur mit einem Fernseher, einem Radio und meinem Notizbuch vertrieben hatte. Erst in der Abenddämmerung hörte ich Marios klappriges Auto vorfahren und kurz darauf trat er wieder in unser Versteck. Er hatte allerlei Fertigprodukte gekauft, aber auch frisches Obst und Gemüse. Zudem überreichte er mir mit den Worten »für deine Freiheit« einen brandneuen Schlüssel für unser Versteck. Endlich konnte ich mich draußen bewegen, ohne mich auszusperren. Dennoch fragte ich mich, wie Mario an sein Geld kam. Besonders lukrativ war das Heldendasein schließlich nicht. Wenn ich an die Kaffees zurückdachte, lag die mögliche Antwort auf der Hand, doch ihn darauf anzusprechen würde nichts bringen. Privatleben bedeutete wie immer keine Antwort.

Die nächsten Wochen bestanden daraus, dass Mario und ich immer wieder in Städte fuhren, die weiter und weiter von unser eigenen entfernt waren. Ich vermute, dass meine Eltern inzwischen nach mir suchen ließen und, dass mich jemand erkannte, immer wahrscheinlicher wurde. Den Stress konnten wir uns sparen. Abgesehen davon würde es meiner Heldenkarriere ein jähes Ende bereiten. Um meine Eltern machte ich mir keine Sorgen. Meinem Vater war es doch eh gleich, ob ich da war oder nicht und meine Mutter war nun auch nicht der allerbeste Grund, meinen großen Traum aufzugeben.

Bei unseren Trips in verschiedene Städte machten wir Präzisions- und Entfernungsübungen mit meiner Fähigkeit und stoppten zudem jedes Mal die Zeit. Ich wurde zwar besser, doch die Dauer war unmöglich zu beeinflussen. Egal, ob Mario meinem Körper währenddessen Schmerzen zufügte (ich blutete am Bein, nachdem er eine Gabel hineingestochen hatte) oder mein Körper sich sehr weit von meinem Bewusstsein entfernte, es änderte sich nichts. Wir konnten allerdings ein paar Beobachtungen machen: Es schien, als wäre die Dauer bei Leuten mit einem hohen Gewicht kürzer, außerdem war die erste Übernahme des Tages meist relativ kurz, die darauffolgenden ein wenig länger, bis die Dauer dann wieder abnahm. Aber nie waren es weniger als vier oder mehr als fünfzehn Minuten.

Während dieser Zeit war ich auch oft alleine in unserem Versteck. Mario ging immer sonntagabends und donnerstagabends davon, kam aber am Abend des darauffolgenden Tages wieder mit Einkäufen zurück. Ich besaß inzwischen mehrere Sets eigener Kleidung und auch die Ausstattung unseres Versteckes war um eine Mikrowelle ergänzt worden.

Nun war es ein Montagmorgen, der 15. Montag seitdem ich mich für dieses Leben entschieden hatte, um genau zu sein. Ich hatte gefrühstückt und mich dann entschlossen, einen kleinen Spaziergang zu machen. Ich zog mir einen grauen Kapuzenpullover über und setzte die Kapuze auf. Inzwischen mischten sich zur warmen Herbstsonne schließlich schon die ersten kalten Windstöße. Dazu zog ich eine Jeans und schwarze Turnschuhe an, bevor ich dann Zuhause verließ. Ich schloss die Tür gewissenhaft ab und begann dann, am Flussufer durch das Geäst zu laufen. Dies tat ich oft an den Tagen, an denen Mario nicht da war und ich ein wenig frische Luft oder einen Tapetenwechsel brauchte. Manchmal wurde es mir dort im tristen Bunker einfach zu blöd. „Lagerkoller" nannte man dieses Gefühl, nicht länger herumhocken zu können, meine ich.

Ich lief bestimmt schon seit einer Stunde gedankenversunken durch das Unterholz und überquerte gerade eine von knorrigen Bäumen gesäumte Lichtung, die ich noch nie erreicht hatte, als von meiner uferabgewandten Seite eine irgendwie vertraute, weibliche Stimme erklang.

»Nayan?« Die Verwunderung war kaum zu überhören.

Reflexartig drehte ich mich um und begann zu rennen.

»Nayan!«, schrie die heisere Stimme mir nach. Plötzlich erinnerte sich etwas in mir an diese Stimme, wie ein Deja-Vu aus einem vergangenen Leben, das für mich keine Rolle mehr spielen sollte. Es war Elena. Was machte sie hier draußen? Wieso musste ich ihr über den Weg laufen?

Ich weiß nicht, wieso ich es für eine gute Idee hielt, aber ich stoppte meinen Sprint und kam zum Stehen. Keine Ahnung, ob ich für irgendeine andere Person angehalten hätte.

Elena kam mit wippendem Zopf auf mich zu gerannt, bekleidet war sie mit einer roten Strickjacke über schwarzer Kleidung. Sie war ziemlich außer Atem, als sie mich erreichte.

»Was machst du hier, Elena?«, fragte ich, bevor sie irgendetwas sagen konnte.

Sie stieß kräftig Luft aus, ehe sie antwortete.

»Ich wohne dort drüben«, sagte sie und zeigte in eine ungefähre Richtung. »Aber das spielt doch gar keine Rolle jetzt. Du kannst doch nicht einfach für drei Monate verschwinden und dann MICH fragen, was ich hier mache! Wo warst du? Alle suchen nach dir!«

Klar taten sie das. Aber wofür? Um mich abermals zu belehren?

»Ich lebe nun ein anderes Leben und bin dafür untergetaucht«, meinte ich knapp.

Fragend hob sie eine Augenbraue und sah mich besorgt an.

»Nayan, du steckst in Schwierigkeiten, oder?«

»Ich stecke in keinen Schwierigkeiten.«

»Du kannst mit mir darüber reden. Ich werde auch niemandem was sagen. Brauchst du Hilfe?«

Dafür, dass ich nur ein Mitschüler war, machte sie sich zu viele Sorgen.

»Ich brauche keine Hilfe und ich habe auch keine Probleme. Das alles habe ich für mich entschieden und ich möchte auch nicht in mein altes Leben zurück.«

»Na gut, wie du meinst.« Sie legte den Kopf schief. »Ich hoffe für dich, dass du damit glücklich wirst. Kann es irgendwie verstehen, wenn man aus der Gesellschaft ausbrechen will. Einfach weggehen und sein eigenes Ding machen … Solange das nichts mit Drogen oder Ähnlichem zu tun hat. Lass da bitte die Finger von, okay?«

Ich nickte. »Was denkst du denn? Weißt du was, ich verrate dir eine kleine Sache, wenn du mir sagst, weshalb du hier herumläufst.«

Belustigt schnaubte sie auf. »Wie schon gesagt, wohne ich da vorne und ich bin hier, weil ich die letzten Nächte aufgrund meiner Insomnie nicht schlafen konnte und heute in der Schule absolut nicht mehr aufnahmefähig wäre. Nun hatte ich gehofft, dass ein kleiner Spaziergang mich müde genug macht, dass ich danach schlafen kann. Ganz einfach.«

»Verstehe«, sagte ich. Sie starrte mich erwartungsvoll an. Einen Moment lang kostete ich ihre Anspannung aus, bevor ich dann mein Versprechen einlöste: »Ich bin dabei jemand besseres zu werden. Dann werde ich Dinge verändern können, Dinge bewirken können. Mein altes Leben habe ich hinter mir gelassen, um mich neu zu erfinden. Ich werde ein Held, Elena.«

Ihre Augen wurden zu schmalen Schlitzen.

»Was redest du da? Du musst doch nichts „Besseres“ werden. Ich mochte dich so, wie du warst. So wie du jetzt redest, klingt das ein wenig …« Sie zögerte. »… größenwahnsinnig.«

Zwar wollte ich es mir nicht anmerken lassen, aber dennoch schnaubte ich verächtlich auf.

»Du musst es nicht verstehen. Danke für das Gespräch, ich muss jetzt gehen.«

Augenblicklich wirbelte ich herum und ging zügig in die Richtung davon, aus der ich gekommen war.

»Nayan, warte!«, rief Elena, folgte mir aber nicht. Genau das gab mir die Gewissheit, die ich gebraucht hatte. Sie folgte mir nicht, sie würde mich nicht umstimmen wollen und sie würde niemandem von unserem Treffen erzählen. Ein Geheimnis, dass sie mit in ihr Grab nehmen würde.

Ich blickte nicht noch einmal zurück, aus Angst, dass dieses Mädchen meinen Willen brechen konnte. Niemand konnte das, aber wieso keimten Zweifel in mir auf, wenn ich mit ihr sprach? Mehrfach schüttelte ich meinen Kopf, um die Gedanken zu vertreiben. Elena spielte keine Rolle mehr. Ich musste mich nur noch auf mich konzentrieren. Nur so konnte ich das Beste aus mir und meiner Fähigkeit herausholen.

10 – Erster Einsatz

Der Herbst war wieder ein Stück näher an den Winter gerückt, als Mario eines Samstagmorgens an meiner Schulter rüttelte. Seit der Begegnung mit Elena, von der ich ihm nicht berichtet hatte, hatte ich noch mehr geübt, meine Fähigkeit verbessert und meinen Geist fokussiert. Meine Notizen füllten mein Buch bis zur vorletzten Seite, ich kannte meine Fähigkeit nun so gut, wie ich es mir nur hatte vorstellen können. Sie hatte eine Reichweite von ca. 300 Metern Luftlinie, unabhängig davon, wie viel Glas dazwischen war. Die Dauer der Kontrolle betrug nach wie vor zwischen vier und 15 Minuten. Außerdem schien mein Schlaf die Dauer zu beeinflussen. Wenn ich gut geschlafen hatte, war sie grundsätzlich höher.

Mario rüttelte noch ein bisschen kräftiger an mir.

»Seher, auf jetzt! Wird nicht herumgelegen!«

»Isjagutichmachjaschon.«

Müde warf ich die Decke von mir und sah blinzelnd auf die Uhr. 6:32 Uhr.

»Was soll das?«, beschwerte ich mich. Mario grinste breit. Er war gestern wieder einen Tag verschwunden gewesen.

»Ich habe gesehen, dass in deinem Notizbuch nur noch eine Seite frei ist, daher wollte ich dir ein neues schenken.«

Wortlos legte ich mich wieder hin und zog die Decke über mich. War schließlich kühl hier drinnen, der Beton isolierte nur mittelmäßig gut.

»Ach komm. Verstehst du denn keinen Spaß? Ich denke, dass die letzte Seite deines Notizbuches nicht durch eine weitere Übung verschandelt werden sollte. Heute legen wir zum ersten Mal richtig los.«

Sofort flog die Decke von mir und ich saß kerzengerade auf dem Bett. Ich merkte an Marios Stimme, dass er es ernst meinte, fragte aber dennoch verwundert nach: »Meinst du das jetzt ernst?«

»Jep«, sagte er, nickte und sah dabei ein wenig zu stolz aus. »Ich habe unser Radio auf dem Sofatisch schon für den Polizeifunk eingestellt, dann können wir uns einen Auftrag abgreifen.«

»Woher kennst du die Frequenz des Polizeifunks eigentlich?«, fragte ich, die Frage war schon zu lange unbeantwortet. Keine Antwort. War wohl zu privat.

Mario ging zum Sofa und schaltete das Radio ein. Stille, nicht einmal ein Rauschen.

»Es kann natürlich sein, dass in der Umgebung nichts Relevantes passiert, aber es ist Samstag und ich habe das Gefühl, dass wir heute einen Fang machen werden.«

Kurze Zeit später saß ich umgezogen und mit einem Müsli in der Hand auf dem Sofa und starrte das Radio gebannt an. Hin und wieder gaben Streifenwagen ihre Position durch, was bei den ersten Malen aufregend gewesen war, aber mich inzwischen nur noch nervte. Jedes Mal machte ich mir Hoffnungen, nur um dann zu hören, dass Wagen 5 nun vor einem Fastfood-Restaurant stand oder ähnliches. Konnte nicht endlich was passieren? Ich wippte ungeduldig mit den Füßen.

Irgendwann nachmittags, als Mario neben mir auf dem Tisch schon seine dritte Runde Solitaire verlor, während ich das Radio anstarrte, erklang endlich ein Funkgespräch, das mich aufspringen ließ: »21/01 für 21/17 kommen.«

»01 hört.«

»Verkehrsunfall mit Personenschaden im Kösterweg, Kreuzung Bergstraße. Wir brauchen Notarzt und Rettungswagen. Verursacher auf Flucht, Fahndung einleiten. Verursacher ist männlich und fährt einen roten Sportwagen mit auffälligem, gelbem Schriftzug.«

Ich wartete nicht mehr die Antwort von 01 ab und wandte mich zu Mario, welcher frustriert die letzte Karte in der Hand hielt, sie aber eindeutig nicht mehr legen konnte.

»Wir schnappen uns den! Das ist gar nicht so weit von uns entfernt.«

Er runzelte bloß die Stirn.

»Wir haben absolut keine Ahnung, wo der Fahrer hingefahren sein könnte. Solange wir kein Glück haben und er uns vor der Nase vorbeifährt, ist die Polizei da besser dran, ihn zu stellen. Die haben den bestimmt erwischt, bevor wir auch nur in der Nähe sind.«

»Mario. Ich drehe hier durch, wenn wir heute nichts versuchen. Da wurde ein Mensch verletzt und du willst hier herumsitzen? Wenn du nicht mitkommen willst, dann gib mir den Autoschlüssel«, sprach ich so ruhig wie nur irgendwie möglich. Mario seufzte.

»Das klingt zwar vergebens, aber wir können es versuchen.«

Er warf die letzte Karte mit einem Schnicken seines Handgelenks auf den Tisch und erhob sich. Noch bevor er sich seine Jacke umgelegt hatte, stand ich schon draußen vor seinem Auto. Die Farbe des braunen Kombis blätterte immer mehr ab. Wie lange der Wagen es wohl noch mitmachte?

Mario kam heraus, schloss unser Versteck ab und das Auto auf.

Erst als wir uns in Gang setzten, beruhigte ich mich wieder ein wenig. Nun konnte ich nichts weiter tun als zu warten.

»Drück' doch mal auf die 5 auf dem Radio«, sagte er, während er uns den Wasserschutzpfad entlangsteuerte.

Ich schaltete das Radio ein, Musik erklang, ich drücke auf die 5 und die Musik verstummte.

»Danke, Seher. Jetzt hören wir, wann wir umdrehen können.«

Mario schnaubte belustigt auf. Daran war nichts lustig.

»Hab dich nicht so, Seher. Man kann nicht erzwingen, dass man aushelfen kann. Sei ein wenig lockerer!«

»Du hast schon die Chance gehabt, etwas zu verändern. Ich will jetzt auch mal.«

»Zur Ablenkung können wir ja durchgehen, was wir tun würden, wenn wir den Täter finden: Ich sehe zu, dass du einen Blick auf ihn werfen kannst, du schlüpfst in seinen Körper und stellst dich dann der Polizei. Am besten rufst du mit seinem Handy die 110 an oder so. Die Polizei kümmert sich dann um den Rest.«

»Wieso geben wir direkt alles an die Polizisten ab?«

»Weil wir nicht die Kapazitäten haben, eine andere Person zu verhaften. Außerdem denke ich, dass es illegal ist, jemanden bei sich zuhause einzusperren. Wenn das auffällt, dann haben wir ein Problem.«

»Streng genommen ist das Einsetzen unserer Fähigkeiten auch illegal.«

»Ja, aber es ist unmöglich für andere, deren Existenz zu beweisen und somit sind wir fein raus. Grauzone. Jedenfalls sollte unser Ziel es sein, den Täter an die Polizei auszuliefern.«

»Er hat grundlos einen anderen Menschen getötet, es klang nicht nach einem Unfall.«

Mario sog scharf Luft ein.

»Seher, wenn du wirklich was bewegen willst, solltest du wirklich mehr auf den Inhalt des Funkspruchs achten. Es war die Rede von „Notarzt und Rettungswagen" – da ist keiner tot. Außerdem wissen wir nicht, ob es Absicht war oder ein Unfall und der Täter voller Panik weitergefahren ist. Dass er dafür bestraft werden soll, ist klar, aber wir haben zu wenig Informationen, um darüber zu entscheiden, was mit ihm geschehen soll.«

»Du hast doch auch schon Leuten das Messer in die eigene Kehle gerammt. Hatten die es mehr verdient?«

Es war mir nicht gelungen, die Wut aus meinem Satz herauszuhalten.

»Bei den Leuten hatte ich genug Informationen. Vergewaltigung und schwere Körperverletzung und zudem noch Raub sind meiner Meinung nach mehr als genug Gründe, dem das Messer in den Hals zu stecken. Es waren außerdem nur zwei Leute in all den Jahren und da hatte ich die Informationen, die ich brauchte. Heute haben wir fast keine Ahnung!«

Es machte mich stutzig, dass Mario zögerlicher mit der Situation umging, als ich es erwartet hätte. Dafür, dass er so über die Getöteten geprahlt hatte, waren es doch wenige gewesen. Klang mehr nach einem geheimen Helfer der Polizei als nach einem wahren Helden. Ich schüttelte den Gedanken ab. Was zählte, war doch, dass wir die Menschen mit unserer Hilfe ein Stück mehr beschützen konnten. Die großen Taten würden noch später folgen können.

Inzwischen hatten wir eine Nebenstraße des Kösterwegs erreicht. Mario meinte, dass zum Unfallort zu fahren nichts bringen würde, da der Täter wohl kaum dort wäre und die Straße höchstwahrscheinlich gesperrt war. Eine Streife hatte ihre Ankunft beim Unfallort gemeldet, aber noch schien der Täter auf freiem Fuß.

»Fahr schneller, wir müssen möglichst viele Straßen absuchen!«, sagte ich zu Mario.

»Keine Lust geblitzt zu werden, aber es ist dein erster Einsatz. Eigentlich hätte ich uns zur Feier des Tages Eis gekauft, aber das Geld muss ich jetzt wohl für ein Foto verwenden.«

Mario fuhr mit 65 km/h wann immer die Verkehrsverhältnisse es zuließen, hielt aber an roten Ampeln, was mich immer nervöser machte. Ich schaffte es, ihn das nicht spüren zu lassen, aber ich sagte zunehmend weniger, sodass kein Gespräch mehr zustande kam.

Wir sahen einmal ein Polizeiauto in einiger Entfernung in einer kreuzenden Straße entlangfahren, doch das Auto des Täters sahen wir nicht. Dann ertönte das Radio und gab uns die Info, dass der rote Wagen zuletzt beim Marktplatz gesichtet worden war.

»Das ist direkt dort ums Eck«, murmelte Mario und deutete kurz auf eine Straße an einer Y-förmigen Gabelung vor uns.

Als hätte er es heraufbeschworen, bog just in diesem Moment ein roter Sportwagen mit auffälligen gelben Zick-

Zack-Mustern in die Straße, auf die er gedeutet hatte. Ich rief ihm etwas zu, das keinen Sinn ergab, aber er riss die Augen auf und drückte das Gaspedal durch. Hustend schob sich unser Kombi auf die Gegenfahrbahn und überholte mit hoher Geschwindigkeit ein paar Autos, die einfach viel zu langsam waren.

Wir sahen eine schwarze Säule, welche aufblitzte, als wir an ihr vorbeirasten, aber Mario hatte keine Zeit zum Fluchen. Der Sportwagen bog nun auf eine breite, zweispurige Allee ab und auch wir folgten ihm. Trotz unserer hohen Geschwindigkeit konnten wir kaum mithalten. Durch die Flache Heckscheibe meinte ich den Schemen des Fahrerkopfes zu sehen – oder war es bloß die Kopfstütze? Wir fuhren ihm in etwa einhundert Metern Entfernung hinterher. Auf der Straße waren sonst keine Autos in der Nähe. Vor uns kam gleich auf der rechten Seite eine Grünanlage mit einem kleinen Teich. Davor parkten auf einem Parkplatz ein paar Autos.

»Scheiße!«, fluchte Mario plötzlich. »Meine Karre überhitzt.«

Er klopfte mit den Fingerknöcheln gegen das Armaturenbrett. Dort leuchtete eine rote Lampe, die ein Thermometer darstellte.

»Ich kann nicht weiter hinterher. Du musst versuchen, ihn zu übernehmen, auch wenn du nicht viel siehst. Wenn du es schaffst, drücke das zweite Pedal von rechts und halte das Lenkrad gerade, bis das Auto zum Stehen kommt. Den Rest überlasse ich dir, aber mach keinen Mist.«

Ich nickte. Einen schemenhaften Kopf während der Fahrt mit dem Blick zu fokussieren war nicht leicht, aber ich würde zeigen, dass mein Training nicht umsonst gewesen war. Ich tat einen tiefen Atemzug und löste dann meine Augenklappe, immer darauf bedacht, den Hinterkopf des Fahrers nicht aus den Augen zu lassen.

Haarige Arme umfassten das Lenkrad mit einem eisernen Griff. Die Handflächen schwitzten wie verrückt. Routinemäßig hatte ich meine Muskeln beim Hineinschlüpfen in den Körper angespannt, damit ich nicht plötzlich eine ungewollte Bewegung machen konnte. Wie in meinem Training scannte ich meine Umgebung und machte mir bewusst, dass ich es geschafft hatte, in den richtigen Körper zu schlüpfen. Für einen Sekundenbruchteil sah ich nach unten und bewegte dann, das Lenkrad weiter umklammernd, meinen rechten Fuß vom rechten Pedal auf das mittlere, wo ich dann fest drauftrat.

Die Fliehkräfte drückten mich in den Gurt, als das Auto bremste und das Pedal unter meinem Fuß ratterte. Aus dem Augenwinkel sah ich, wie Mario mit seinem Kombi zur Seite auswich, an mir vorbeischoss und dann verlangsamte, um sich auf den Parkplatz der Grünanlage zu stellen. Ich vermute, dass ich den Motor meines Sportwagens abgetötet hatte, denn das Brummen war verstummt, als ich zum Stehen kam. Die Anspannung meiner ersten Auto-Bremsung löste sich, und ich merkte, wie mein rechtes Bein etwas zitterte. Und jetzt? Handy. Ich suchte panisch in meinen Hosentaschen, auf dem Beifahrersitz und im Handschuhfach nach einem Handy, doch ich fand nichts. Als mein Blick den Warnblinker-Knopf streifte, drückte ich ihn kurzerhand auch. Mario stand nun in einiger Entfernung an seinen Kombi gelehnt auf dem Parkplatz und hob einen Daumen in die Höhe. Gute Augen hatte der Sportwagentäter wenigstens.

Noch bevor ich weiter nach einem Handy suchen konnte, sah ich im Innenspiegel das Blinken des Blaulichts eines Polizeifahrzeuges. Der Kastenwagen kam dicht hinter meinem Sportwagen zum Stehen, das Blaulicht blieb an. Zwei uniformierte Beamte stiegen aus, einer trat vor meine Fahrertür und rief, dass ich aussteigen solle. Er schien ange-

spannt, erwartete meine Reaktion. Meine zittrige Hand fand den Tür-
griff, ich öffnete die Tür und stolperte hinaus. Die Beine trugen mich
kaum.

»Sie werden nun festgenommen wegen dringenden Verdachts auf
schwere Körperverletzung und Fahrerflucht. Wir müssen Sie mit auf das
Revier nehmen. Alles, was sie sagen, kann vor Gericht gegen Sie ver-
wendet werden.«

Er forderte mich dann auf, mich zu ihrem Fahrzeug zu begeben. Da
ich sofort gehorchte und zügig, aber nicht hastig – was meine Beine nicht
mitgemacht hätten – zum Polizeiauto ging, wurden mir keine Hand-
schellen angelegt, was mich überraschte. Im Fernsehen legten sie immer
jedem die Handschellen an.

Als ich in das Polizeiauto stieg, überkam mich das Gefühl, dass der
Sportwagenfahrer zu einfach davonkam, nachdem er einem anderen
Menschen beinahe das Leben genommen hatte, ob es nun Absicht gewe-
sen war oder nicht.

»Ich habe ihn wohl nicht richtig erwischt, wie es scheint. Schade«,
hörte ich mich sagen, bevor ich zu Ende gedacht hatte. Der Polizist
zuckte mit dem Mundwinkel, sagte aber nichts, als er die Tür der
Rückbank hinter mir schloss.

Ich erwachte wieder in meinem Körper, schreckte aber
längst nicht mehr hoch wie noch vor ein paar Monaten.
Noch immer saß ich auf der Beifahrerseite von Marios Auto.
Mein Kopf lehnte an Sitz und Tür gleichzeitig. Aus Gewohnheit überprüfte ich meine Augenklappe. Ich setzte mich auf,
löste den Gurt und verließ dann das Auto. Mario lehnte noch
immer auf der anderen Seite am Auto und starrte auf den
roten Sportwagen und das Polizeiauto dahinter.

»Na, wieder wach?«, fragte er, ohne den Blick abzuwenden.

»Bin zurück.«

Er stieß sich vom Auto ab und wandte sich dann mir zu, bevor er mit gedämpfter Stimme weitersprach: »Schien echt super gelaufen zu sein, gut gemacht! Ich wundere mich immer noch darüber, dass wir den Kerl überhaupt durch Zufall gefunden haben.«

Ich grinste ihn an.

»Ja, lief alles gut. Das Auto zu bremsen war weniger kompliziert als gedacht.«

»Glückwunsch zu deiner ersten guten Tat als Kleinstadt-Held!«

Mario hielt mir die Hand hin und ich schlug ein. Dass ich den Fahrer eigenmächtig belastet oder zumindest die Vernehmung erschwert hatte, behielt ich für mich. Ich vermutete, dass er es nicht gutheißen würde. Meine und seine Gerechtigkeit waren ein wenig verschieden.

»Wir müssten das zwar feiern, aber so wie mein Auto drauf ist, klingt das nach Kosten für mich. Wegen so etwas zu überhitzen ist gar nicht gut.«

Beim Sportwagen war nun ein Abschleppfahrzeug angekommen, dessen Besatzung sofort damit begann, ersteren aufzuladen. Die Polizei setzte sich in Bewegung und fuhr davon. Als ich mich wieder zu Mario wandte, hatte dieser die Motorhaube seines Autos geöffnet und blickte rätselnd hinein.

Ich trat einen Schritt näher an ihn heran.

»Hast du dir noch nie darüber Gedanken gemacht, mit der Heldentätigkeit Geld zu verdienen?«

»Doch, klar. Aber es ist nahezu unmöglich, ohne sich zu erkennen zu geben, was mir zu gefährlich wäre. Jemanden selbst auszurauben wäre da einfacher, aber sehr widersprüchlich zu dem, was man eigentlich sein will. Deshalb arbeite ich auch in einem normalen Job. Irgendwie muss man ja auch selbst überleben, von Gerechtigkeit lässt sich kein Essen kaufen.«

»Hm. Stimmt. Aber wenn wir jedes Mal von unserem Zuhause aus starten müssen, sind wir bestimmt oft zu spät vor Ort um etwas zu bewirken. Wir müssten und näher in Bereitschaft positionieren, zum Beispiel genau hier auf diesem Parkplatz!«

Mario legte eine Hand auf den Deckel des Kühlwassers, doch entschied sich dagegen, diesen zu drehen.

»Nicht sehr optimal, wenn du mich fragst, wenn wir auf irgendeinem öffentlichen Parkplatz herumlungern. Das wirft irgendwann Fragen auf. Aber probieren können wir es ja … Ich glaube das Kühlwasser läuft aus, dafür müsste ich nur das Leck reparieren und neues Kühlwasser nachfüllen …«

Der letzte Teil des Satzes war mehr zu sich selbst gesprochen als zu mir. Gemeinsam zogen wir zu Fuß los, suchten die nächste Tankstelle auf, wo Mario mich draußen warten ließ, während er eine Rolle Panzerklebeband und einen kleinen Kanister rosafarbene Kühlflüssigkeit kaufte.

Es war ein Leck im Kühlwasser-Schlauch gewesen. Nachdem Mario das Leck überklebt und neues Kühlwasser in das inzwischen abgekühlte Auto gefüllt hatte, lief die Rückfahrt ohne jegliche Überhitzung ab.

Später am Abend, nachdem wir ausführlich über die Geschehnisse des Tages geredet hatten und Mario mich sehr dafür lobte, meinte ich: »Lass uns heute Nacht doch nochmals rausfahren und schauen, ob wir etwas im Funk hören!«

Mario runzelte die Stirn.

»Du bist dir bewusst, dass es hierzulande nicht die allermeisten Verbrechen gibt, in die wir eingreifen können. Hier ein Falschfahrer, da ein paar Betrunkene. Es gibt nicht täglich einen Mord, wo wir dann heldenhaft zur Rache eilen können.«

Ich hasste es, wie sehr er mich durchschaute und knirschte mit den Zähnen, statt ihm zu antworten.

»Es lief doch heute so gut, das hast du selbst gesagt! Ich bin doch auch mit kleineren Sachen zufrieden und selbst wenn nichts passiert, ist es auch nicht schlimm«, erwiderte ich nach einer kurzen Pause.

»Heute lief es auch wirklich super und ich freue mich auf weitere gemeinsame Einsätze, die wir plangemäß ausführen. Aber wir sollten unseren Erfolg feiern und für den Tag gut sein lassen. Morgen ist Sonntag, dann können wir es ja nochmal versuchen, bis spät abends.«

Spät abends? Das klang, als ob er am Montag wieder in sein „normales" Leben zurückkehrte und mich erneut alleinließ und ich somit keine Chance hatte, mit dem Auto in die Stadt zu kommen.

»Du bist am Montag wieder weg, oder?«, sagte ich trocken.

»Korrekt. Irgendwie müssen wir ja an Essen kommen. Aber morgen können wir gerne nochmal losziehen.«

Er stand vom Sofa auf und bedeutete mir, zum Feldbett zu gehen. Das Gespräch war damit offiziell beendet. Es machte mich wütend, dass Mario meinen Tatendrang nicht teilte. Es war, als ob er seine Fähigkeit einfach nur zum Spaß einsetzte. Wann und wie er es wollte. Immerhin konnte er kontrollieren, wann er sie einsetzte.

Eine Weile starrte ich einfach nur in die Dunkelheit des Bunkers, hörte Marios leise Atemzüge und überlegte fieberhaft, wie ich am Montag allein etwas unternehmen könnte.

11 – Siehst du das Blut?

Die Wut des Vorabends war vergessen, als ich vormittags die Augen aufschlug und den Geruch von gebackenen Bohnen vernahm. Kühle Luft strömte durch die halboffen stehende Tür hinein und brachte den Duft mit sich. Ich zog mir etwas Wärmeres als meinen Schlafanzug über und ging nach draußen.

Mario saß in einer dicken Jacke auf einem Hocker vor unserem Campingkocher, auf dem eine geöffnete Dose voller Bohnen stand.

»Dachte mir schon, dass du bald mal aufwachst, daher habe ich uns Frühstück gemacht. Du willst bestimmt bald los.«

Das wollte ich. Aber das Frühstück sah zu lecker aus, um es ausfallen zu lassen. Wir aßen schweigend und sahen durch die Bäume mit orangenen Blättern auf den Fluss hinaus.

»Gefriert der Fluss im Winter?«, fragte ich aus dem nichts heraus.

»Habe ich noch nie erlebt, dafür wird es hier nicht kalt genug und die Strömung des Flusses ist zu stark. Wenn du darin schwimmen gehst und dich zu weit vom Ufer entfernst, trägt dich die Strömung bestimmt drei Kilometer weit, bevor du eine Chance hast, herauszukommen. Wenn du bis dahin nicht untergegangen bist, versteht sich.«

Ich hatte ohnehin nicht vorgehabt, schwimmen zu gehen. Durch die Nachrichten hatte ich oft genug von Jugendlichen erfahren, die vom Fluss davongerissen oder unter Wasser gezogen worden waren. Ich war nicht so übermütig wie sie.

Gegen Mittag parkte Mario sein Auto auf dem Parkplatz bei dem kleinen Teich, an dem wir am Vortag den Raser gestoppt hatten. Mario schlug vor, eine kleine Runde im Park zu laufen, doch ich wollte nichts vom Funk verpassen, weshalb ich im Auto saß und dem Radio lauschte, während Mario alleine in den Park ging.

Das Radio blieb weitestgehend stumm und auch von Mario fehlte jede Spur, so sehr ich auch in den Spiegeln nach ihm suchte.

Eine gefühlte Ewigkeit verging, da sah ich Mario plötzlich im Innenspiegel auf mich zukommen. Neben ihm ging eine blonde Frau, die einen Kopf größer war als er. Als sie den Parkplatz betraten, verabschiedeten sie sich mit einem kurzen Händeschlag und die Frau kehrte in den Park zurück.

Die Fahrertür öffnete sich kurz darauf und Mario setzte sich auf den Sitz.

»Der Funk ist wohl still geblieben?«, sagte er fröhlich.

»Ja. Aber wenn etwas passiert wäre, wärst du nicht dagewesen. Dann hätten wir einen Scheiß machen können. Nur weil du für über eine Stunde im Park mit irgendeiner komischen Frau reden musst. Wer ist sie überhaupt?«

Mario lachte nervös auf.

»Das klingt, als wärst du eifersüchtig. Sie nimmt mich dir schon nicht weg, Seher. Außerdem beantworte ich dir keine Fragen über mein Privatleben. Es ist Sonntag, der Funk ist ruhig, entspann dich doch ein wenig. Immer bist du so aufgedreht.«

Er senkte die Lehne seines Sitzes soweit es das alte Auto zuließ und rutschte ein Stück an ihr herab. Sofort waren die Augen auf Halbmast.

Keine Fragen über sein Privatleben, soso. Immerhin hatte er eins. Noch eine Sache, weshalb er seine Fähigkeit nicht wirklich ernst nahm. Ich beschloss, das Thema zu beenden und lehnte mich stattdessen ebenfalls in meinem Sitz zurück.

Mario döste für ein paar Stunden, verließ dann das Auto und kam mit zwei eingeschweißten Sandwiches zurück. Die ganze Zeit starrte ich ungeduldig auf das Autoradio, welches aber stumm blieb.

Es dämmerte und Mario schlug vor, dass wir uns auf den Heimweg machten. Ich weigerte mich sofort dagegen, woraufhin er mit den Schultern zuckte und wieder anfing, vor sich hin zu dösen. Die Dunkelheit kam und auch meine Augen wurden schwer. Ich durfte nicht einschlafen! Um keinen Funkspruch zu verpassen, bohrte ich die Fingernägel meiner rechten Hand in den Handrücken meiner linken. Jedes Mal, wenn ich mich kaum wachhalten konnte, musste ich fester zudrücken, um eine Wirkung zu erzielen. Die Spitzen meiner Fingernägel färbten sich rot, da die Haut irgendwann nachgab und leicht blutete.

In einem tranceartigen Zustand zwischen Schlaf und Wachen hörte ich dann wie durch eine Wand einen Funkspruch, der mich hellwach werden ließ. Es war die Rede von einem stillen Alarm, der in einem Juweliergeschäft abseits des Stadtzentrums ausgelöst worden war. Ich schoss so schnell in meinem Sitz vor, dass ich beinahe gegen das Armaturenbrett geknallt wäre. Die Uhr in der Mittelkonsole zeigte 1:48 Uhr. Mehrfach stieß ich Mario gegen die Schulter und redete auf ihn ein, bis er sich blinzelnd aufrecht hinsetzte.

»Mach doch nicht so einen Stress, Seher. Ich muss wachwerden, um das Auto zu fahren«, murrte er.

»Wir haben keine Zeit, wenn wir vor der Polizeistreife dort sein wollen!«, schrie ich ihn sofort an. Seine Augen öffneten sich ein wenig mehr.

»Isjagut«, meinte er, schüttelte den Kopf, um wacher zu werden und startete das Auto. Er beschleunigte und fuhr vom Parkplatz auf die zum jetzigen Zeitpunkt menschenleere, nächtliche Straße.

»Wo genau muss ich eigentlich hin?«

Ich erläuterte ihm, wo wir hinmussten. Der Funkspruch hatte sich in mein Gehirn eingebrannt. Ich musste einfach der Erste am Einsatzort sein!

Wie das Schicksal es wollte, waren wir auch vor der Polizei da. Das Juweliergeschäft befand sich etwa einhundert Meter vor uns, keine Streife war in Sicht. Mario bremste den Wagen auf 20 km/h herab.

»Seher, ich werde langsam am Geschäft vorbeifahren. Nimm dann die Augenklappe ab. Falls dort noch jemand drinnen ist und du einen Blick auf die schemenhafte Gestalt werfen kannst, dann probierst du, den Einbrecher oder die Einbrecher irgendwie lahmzulegen, bis die Polizei kommt. Wenn wir hier anfangen zu parken, landen wir garantiert mit auf dem Revier. Außerdem fahre ich kein zweites Mal am Geschäft vorbei, am Ende fällt das noch jemandem auf. Wenn die Polizei uns erwischt, landest du sicher woanders, schließlich sucht man nach dir. Ich wiederum bekomme unangenehme Fragen – mach dich bereit!«

Sein Satz endete abrupt, denn wir passierten nun das Geschäft. Ich versicherte mich, dass kein Passant auf dem Bürgersteig herumstand und zog dann zum ersten Mal seit langem die Augenklappe in der Öffentlichkeit komplett ab. Die Tür des Juwelierladens stand offen, der Raum dahinter war stockfinster. Knapp hinter der Türschwelle war ein schattenhaftes Etwas zu sehen. Es erinnerte an einen Fuß…

Der Raum war doch nicht so dunkel, wie er von außen wirkte, wenn die Augen sich bereits an die Dunkelheit abseits der Straßenlaternen gewöhnt hatten.

Weiter hinten im Raum hörte ich gläsernes Klimpern und das Rasseln von Ketten.

»Alles klar, lass uns verschwinden, Jung'«, zischte eine männliche Stimme. »Hab' eben scho' Angst bekommen, aber du konntest ja entwarnen, dass es ein stinknormales Auto war, ne?«

Schwere Schritte schlurften schnell auf mich zu.

»Nimmste mir was ab? Und dann wird gerannt, du weißt ja wo unsere Karre is'.«

Ein gebeugt gehender Mann erschien direkt vor mir und wuchtete mir einen Sack vor die Füße. Wie klischeehaft. Ich zögerte. Irgendwie musste ich ihn von seiner Flucht abhalten. Meine rechte Hand streifte etwas an meinem Gürtel. Dort baumelte ein Brecheisen, welches mich sicher beim Rennen behindern würde. In den Körper welches Idioten war ich hier geschlüpft?

»Auf jetz'«, flüsterte der Mann nun gereizt und trat zügig aus der Tür. Bevor er anfangen konnte zu sprinten, brach die Seite seines Schädels ein und er ging wortlos zu Boden wie ein nasser Sandsack. Das Brecheisen rutschte aus meiner Hand und landete scheppernd auf dem Gehweg vor dem Geschäft, dicht neben einigen Blutstropfen, die im fahlen Licht der Laternen schwarz glänzten.

Es war erstaunlich einfach gewesen, das Brecheisen von meinem Gürtel zu lösen. Es war erstaunlich einfach gewesen, es zu schwingen.

Es war einfach gewesen. Dafür effektiv. Blaulicht wurde von den Häuserwänden zurückgeworfen. Sie kamen mich holen. Mein Verbrecherkumpan – oder Chef – würde nicht mehr hinter Gitter wandern, dessen war ich mir bewusst. Das Brecheisen war genau mit den gebogenen Zähnen auf seine Schläfe getroffen und hatte irgendetwas wichtiges zerbrochen. Tja.

Während die Polizei näher kam, stellte ich mir die Frage, ob ich oder der Einbrecher, in dessen Körper ich steckte, für den Tod verantwortlich war und kam zu dem Schluss, dass ich der gerechte Vollstrecker gewesen war, aber der Einbrecher die Konsequenzen tragen würde. Arbeitsteilung. Er würde nur ein wenig mehr schuldig sein, als nur die Schuld für einen Einbruch zu tragen. Mein Job hier war erledigt.

Für einen Moment dachte ich daran, mir – also dem jungen Einbrecher – das Brecheisen ebenfalls über den Kopf zu ziehen, doch ließ es bleiben. Doch was, wenn meine Gedankenkontrolle gleich vorbei wäre? Dann hätte der Verbrecher vielleicht noch eine Chance zu fliehen! Wieder dachte ich nicht lange nach, nahm Anlauf und rannte mit dem Kopf voran gegen die nächste Straßenlaterne. Kein Selbsterhaltungstrieb hielt mich auf, es war, als wüsste mein Geist, dass dies nicht mein Körper war. Der Aufprall klingelte in meinen Ohren und mein Kopf sendete einen schmerzhaften Nervenimpuls aus.

Es dauerte einen Moment, bis ich in meinem eigenen Körper zu mir kam. Ohne Kopfschmerzen – selbstverständlich. Mario fuhr angestrengt dreinblickend aus dem Stadtzentrum hinaus. Ich schob die Augenklappe wieder ordentlich auf mein Auge.

»Bin zurück«, sagte ich.

Er warf einen kurzen Blick zur Seite, sah mich an und wandte sich dann wieder der Straße zu.

»Das … ging schnell. Ich hoffe, uns hat keiner vorbeifahren sehen. Erzähl schon, ich bin neugierig!«

Ich schilderte die Ausgangssituation und meine schnellen Reaktionen, als der ältere Verbrecher fliehen wollte.

» … und dann habe ich die Brechstange direkt gegen seine Schläfe geschlagen, damit er nicht fliehen kann.«

»Du hast was?«, rief er. »Seher, ich hoffe, du hast ihn nicht getötet.«

Seine Stimme zitterte. Er kannte die Antwort bereits.

»Doch, klar. Und dann bin ich im Körper des anderen gegen eine Laterne gerannt. Sofortige Bewusstlosigkeit scheint mich auch in meinen eigenen Körper zurückzuschicken. Wieder was Neues über meine Fähigkeit gelernt.«

Ich war sehr stolz darauf, was ich erreicht hatte. Es machte mir nichts aus. Diese Nacht war ein voller Erfolg. Mario sah dies scheinbar anders.

»Wieso hast du ihn getötet?«

»Du hast doch selbst erzählt, wie du Diebe mit ihrem eigenen Messer erstochen hast.«

»Das waren Leute, die sonst Unschuldige abgestochen hätten! Der, den du getötet hast, schien ja sogar unbewaffnet gewesen zu sein. Hast du nie darüber nachgedacht, dass manche nicht aus Bosheit stehlen, sondern weil sie keinen anderen Ausweg sehen?«

»Sie gehören trotzdem bestraft.«

Er seufzte.

»Das zweifle ich auch nicht an. Die Strafe muss sein, aber diese Strafe sollte nicht immer der Tod sein.«

»Jetzt begeht er nie wieder ein Verbrechen. Wer weiß, was ich alles verhindert habe?«

Inzwischen waren wir wieder bei unserem Unterschlupf angekommen. Mario bremste grob ab, der Gurt drückte sich in meine Schulter.

Dann drehte er sich langsam zu mir um.

»Ich glaube langsam, dass du aufgrund deiner Fähigkeit denkst, Gott spielen zu können. Du kannst sie nicht einfach einsetzen, wie es dir passt! Das ist zu mächtig«, predigte er mir vor.

»Du hast gut reden, Mario. Du kannst deine Fähigkeit perfekt kontrollieren und genau auswählen, wann und wie lang du sie einsetzt. Du könntest ohne deine Fähigkeit leben, ohne auch nur an sie zu denken. Ich habe diese Wahl nicht. Ich kann nicht meine Augenklappe ablegen und entscheiden, nicht mehr in andere Körper zu tauchen. ICH MUSS DAMIT KLARKOMMEN! Lass mich damit was bewirken, auch wenn du zu schwach dafür bist«, brüllte ich.

Anschließend riss ich die Autotür auf und ging zügig am Ufer entlang davon. Erst, als ich in der Dunkelheit unser Zuhause nicht mehr erkennen konnte, hörte ich die Autotür zuschlagen.

12 – Das Ende ist nicht in Sicht

Die Nachtluft war kalt, und wenn Böen mich vom Fluss aus erfassten, war die Luft geradezu eisig. Fehlte nur noch, dass es schneite.

Der Zorn in mir brodelte dennoch heiß. Da dachte ich, dass ich endlich jemanden gefunden hatte, der mich verstand, und er hielt mir vor, dass MEINE Verwendung MEINER Fähigkeit falsch sei? Wie sollte ich ein Held sein, wenn ich nicht mit meinem ganzen Einsatz helfen konnte, die Verbrecher zu beseitigen? Es schien mir immer mehr, als ob Mario seine Fähigkeit mehr zu seiner eigenen Belustigung verwendete. Mit einer Einstellung, wie er sie hatte, konnte er auch nicht an den wichtigen Fällen beteiligt sein. Er konnte etwas machen, wenn er Lust darauf hatte. Wenn sein bescheuertes Privatleben es zuließ. Diese Einstellung – diese Schwäche – brachte mich zur Weißglut. Er konnte sich glücklich schätzen, dass meine Fähigkeit nicht auf ihn wirkte …

Während ich in meinen Gedanken heißer und heißer brannte, war ich abermals am Ufer entlanggelaufen und nun wieder an derselben Stelle, an der ich vor einigen Wochen auf Elena getroffen war. Es schien, als ob etwas in mir nach ihr suchte. Die Wut in mir machte mir Angst … oder?

Als hätten wir uns abgesprochen, trat Elena nun aus der Dunkelheit der Bäume hervor. Ich erschrak nicht, denn irgendwie hatte ich sie erwartet.

»Nayan«, sagte sie leise.

»Elena.«

Sie stemmte die Hände in die Hüften und meinte: »Wird das jetzt zur Gewohnheit?«

»Das könnte ich dich auch fragen.«

In der Dunkelheit konnte ich geradeso erkennen, dass sie eine Grimasse zog.

»Ich bin mehrfach die Woche nachts hier draußen. Insomnie, schon vergessen? Und bevor du fragst, warum ich genau hier bin: Ich wohne noch immer hier.«

Die angestauten Emotionen ließen mich mehr über diese Aussage lachen, als ich hätte lachen sollen. Ich zwang mich zur Ruhe.

»Elena, irgendwie wusste ich sowieso, dass ich dich hier treffen würde.«

Sie trat einen Schritt näher. Das Mondlicht ließ mich ihre Gesichtszüge nun deutlich erkennen. Sorgenvolle Falten zogen sich über ihre Stirn.

»Wenn du darauf abgezielt hast, dann steckst du diesmal wirklich in Schwierigkeiten.«

»In Schwierigkeiten stecke ich nicht …«

»Aber?«

Ich holte tief Luft. Zur Hölle mit Marios Geheimhaltungskram, ihm konnte ich doch auch nicht trauen.

»Lass mich kurz erzählen. Unterbrich mich nicht, sonst erfährst du nichts mehr.«

Sie nickte knapp.

»Die Augenklappe trage ich nicht aus Spaß. Zuerst hielt ich es für einen Fluch, doch dann habe ich jemanden getroffen, der mir gezeigt hat, dass es doch ein Geschenk sein kann. Ich kann in die Körper von anderen Menschen schlüpfen ...«

Ich erzählte ihr grob von meiner Fähigkeit, wie ich versehentlich Keith vor den Zug gestürzt hatte, wie ich auf Mario getroffen war und von meinen bisherigen Heldentaten – allerdings ersetzte ich den toten Einbrecher mit einem bewusstlosen. Als ich schließlich verstummte, wartete Elena noch einen Moment ab, bevor sie das Wort ergriff.

»Das klingt sehr unglaubwürdig, aber du bist nicht gerade die Person, die monatelang abtaucht, um einen blöden Witz zu bringen. Krasse Sache, was du draufhast. Du musst mir deine Fähigkeit – so hast du das genannt – mal demonstrieren! Aber zu deinem eigentlichen Problem: Du und dieser Mario haben verschiedene Ansichten, was die Fähigkeiten betrifft. Ihr wollt zwar beide etwas verändern, aber er möchte es nicht zu ernst damit meinen. Klingt zumindest so.«

»Exakt!«

Konnte es wirklich sein, dass sie mich verstand? Was stimmte mit ihr nicht?

»Wenn du nicht in dein altes Leben zurückkehren willst, dann musst du dich mit ihm zurechtfinden. Du wirst mit ihm zusammenarbeiten müssen, bis du alleine zurechtkommst. Geh es ruhiger an. „Halte den Ball flach", wie man sagt. Lass ihn den Takt dirigieren, dann wird er nicht überfordert. Danach kannst du immer noch dein Bestes geben.«

Ich runzelte die Stirn.

»Wieso ... rätst du mir nicht mehr, in mein altes Leben zurückzukehren?«, raunte ich misstrauisch. Sie wiederum zuckte mit den Schultern.

»Weil du das nicht hören willst. Und bevor ich es mir mit dir verscherze, versuche ich mich, in deine Position einzufinden und den bestmöglichen Weg vorzuschlagen. Natürlich kenne ich nicht die ganze Geschichte, nicht alle deine Emotionen, aber ich möchte, dass du nicht unglücklich bist.«

»Hm. Danke.«

Hör doch auf, so fürsorglich zu sein! Es passte mir gar nicht, obwohl ich tief in meinem Inneren wirklich dankbar dafür war.

»Daher gehst du jetzt zurück, versöhnst dich, drehst nicht mehr so auf und dann wird es schon gut werden. Und nächstes Wochenende, verkaufsoffener Sonntag, gehen wir mal gemeinsam in die Stadt und du demonstrierst mir deine Fähigkeit. Wir treffen uns mittags genau hier. Keine Widerworte.«

»In Ordnung. Bis dann und danke«, meinte ich knapp. Ich musste meine Gedanken ordnen, daher musste das Gespräch enden. Als ich mich umdrehte, sagte Elena noch: »Und falls es gar nicht klappt mit diesem Mario, dann musst du ihn loswerden – aus deinem Leben werfen und zunächst in dein altes Leben zurückkehren, bis du das Held-Sein auch selbst finanzieren kannst.«

Meine Gedankenflut hatte sich gelegt und auch meine Emotionen kochten nicht mehr hoch, als ich in später Nacht wieder an meinem Zuhause am Flussufer ankam. Ich entsperrte die Tür und ging auf leisen Sohlen hinein. Es war dunkel, kein Licht brannte. Blindlings griff ich rechts auf eine Küchentheke und nahm die dort zu jeder Zeit platzierte Taschenlampe an mich. Ich richtete sie auf den Boden und schaltete sie ein. Erst jetzt schloss ich die Tür nach draußen und drehte meinen Schlüssel im Schloss. Mit dem Lichtkegel am Boden ging ich langsam und leise durch den Betonbunker, bis ich das Sofa erreichte. Im Halbschatten der Lampe sah ich Mario, der mit seiner Decke bis zur Brust langsam atmete. Er schlief eindeutig schon seit einer Weile.

Schulterzuckend ging ich weiter und stieg, ohne mich umzuziehen in das Feldbett. Ich schaltete die Taschenlampe ab, drehte mich zur Wand und schloss die Augen. Überraschend schnell schlief ich ein, die kühle Nachtluft musste mich ermüdet haben. In dieser Nacht träumte ich von einem neuen Einsatz im selben Juweliergeschäft, nur dass Elena nun diesmal mit mir dorthin reiste. Von Mario fehlte jede Spur.

Am nächsten Vormittag erwachte ich mit dem Rücken zur Wand. Im Raum war kein Licht an, aber die Tür stand halb offen, sodass alles im Raum zu erkennen war. Außerdem war der Boden mit kalter Luft bedeckt. Mario saß nun auf dem Sofa und starrte auf etwas leuchtendes in seiner Hand, was nur sein Handy sein konnte.

»Schön, dass du dein Handy nutzen kannst«, sagte ich trocken. Er zuckte zusammen und starrte mich dann für einen kurzen Moment an.

»Wir müssten dir mal eins besorgen, aber erst müssen wir glaube ich feststellen, was wir eigentlich gemeinsam bezwecken wollen. Komm doch zu mir und setz᾽ dich.«

Widerwillig ging ich zu ihm und ließ mich auf das Sofa plumpsen. Wortlos hielt er mir sein Handy hin. Dort war auf einem Nachrichtenportal ein Artikel über einen Einbruch in den Juwelier zu lesen, wobei es scheinbar zu einem Streit zwischen den Einbrechern gekommen war, welcher für einen von beiden tödlich geendet hatte. Der andere hatte eine Gehirnerschütterung erlitten und behauptete laut Berichten, dass er sich nicht an einen Streit erinnern könnte.

Ich nickte Mario zu, um ihm zu signalisieren, dass ich alles gelesen hatte. Er nahm das Handy wieder an sich und schaltete das Display ab.

»So etwas ist nicht unser Ziel. Nicht meines zumindest, so viel ist sicher. Jetzt bekommt jemand, der nur eingebrochen ist, auch die Strafe für einen Mord oder Todschlag, den er eigentlich nicht begangen hat. Das ist keine Gerechtigkeit, Seher.«

»Wer weiß, was der Verbrecher noch getan hätte. Du tust so, als würde ich unschuldige Menschen töten.«

»Es ist nicht unsere Aufgabe, einzuschätzen, ob jemand etwas tun würde. Wir besitzen durch unsere Fähigkeiten eine große Macht, aber wir dürfen nicht versuchen, Gott zu spielen. Daher musst du dich von jetzt an zusammenreißen. Ich will keine unnötigen Toten mehr in den Nachrichten sehen. Auge um Auge, nicht Auge um Kopf – so gehe ich vor und du wirst das auch. Sonst muss ich dich, obwohl es mir wirklich leidtut, vor die Tür setzen. Ich könnte es nicht mit meinem Gewissen vereinbaren, so weiterzumachen.«

Ein betretenes Schweigen trat ein. Meine Füße waren weitaus interessanter als Mario eine Antwort zu geben. Irgendwann raffte ich mich zusammen und sagte: »Entschuldige, ich war wohl übereifrig. Auch ich möchte für wahre Gerechtigkeit sorgen.«

Entsprach das der Wahrheit …?

Für einen Moment lächelte Mario.

»Geht doch. Zusammen schaffen wir das!«

13 – So wird man ein Held?

Das Gespräch schien jegliche Zweifel aus Marios Kopf verbannt zu haben, denn er verhielt sich so wie immer. Ich tat es ihm gleich, doch das Einzige, was meine Bedenken zurückhielt, waren die Worte einer anderen Person, die noch immer in meinem Kopf feststeckten. Den ganzen Tag verschwendeten wir mit dem Spielen von Karten, weil Mario der Meinung war, dass die gestrigen Erlebnisse sich erst einmal „setzen" sollten. Ich folgte Elenas Rat, indem ich mich nicht darüber beschwerte, sondern so tat, als machte mir das Kartenspielen Spaß. In dieser Zeit hätte ich so viel draußen verändern können!

Abends wollte ich einfach nur schnell ins Bett, weil mich dieser Tag frustrierte und ich dafür sorgen musste, dass er möglichst schnell zu Ende ging.

»Ach du gehst schon ins Bett, Seher? Ich wollte mich gerade auf den Weg machen und wäre erst übermorgen wieder hier. Muss mich aber bei dir bedanken, dass du scheinbar deine Vernunft wiedergefunden hast. Hast dich sehr vorbildlich verhalten.«

Ja, ja. Wie ich auch immer. Halt die Klappe, du mit deinem Privatleben.

»Oh, verstehe, na dann sehen wir uns in zwei Tagen!«, sagte ich so freundlich ich nur konnte.

Mario versprach, bei seiner Rückkehr Eis mitzubringen (es war kalt draußen du Trottel), und verschwand durch die

Tür nach draußen. Mit negativen Emotionen aufgeladen warf ich mich auf das Bett und zwang mich dazu, gedankenlos herumzuliegen, bis ich einschlief.

Nach einer unruhigen Nacht verlief der Tag darauf auch nicht besser. Ich stand spät auf, aß wenig, stocherte draußen mit einem Stock im Fluss herum, ging wieder rein und saß die Zeit gefüllt mit Langeweile ab. Der nächste Tag konnte nicht schnell genug kommen.

»Guten Morgen!«, weckte mich Mario, der gerade die Tür hereingekommen war, das Licht eingeschaltet hatte und einen Schwall eisiger Luft in unser Haus ließ. Draußen dämmerte es gerade erst. Er trug einen braunen Parka. Eine so dicke Jacke besaß ich nicht.

»Häh?«, murrte ich.

»Ich habe mich schlecht gefühlt, dich hier wieder allein zu lassen, weil du eben nicht die Chance hast, mit anderen Menschen zu reden. Ist schon nicht ganz fair. Deshalb bin ich schon hier. Und wenn du willst, gehen wir in die Stadt und machen ein paar kleine, gute Dinge mit unseren Fähigkeiten. Oder haben einfach Spaß. Von mir aus können wir sofort los, bevor der Berufsverkehr losgeht.«

Endlich. Es schien, als hätte ich eine Ewigkeit gewartet, obwohl es sich nur um zwei Tage gehandelt hatte. Um nicht übereifrig zu wirken, stürzte ich mich nicht aus dem Bett, sondern machte mich in mäßigem Tempo aber dennoch zügig bereit, um zu starten.

»Du gibst dir echt Mühe, das Ganze ein wenig runterzuschalten, finde ich super«, kommentierte Mario.

Schon bald parkten wir das Auto in einer Seitenstraße nahe der Stadtmitte. Während wir auf die Fußgängerzone zugingen, meinte ich: »Bist du sicher, dass wir so offen innerhalb unserer Stadt umherlaufen sollten? Was, wenn ich erkannt werde?«, meinte ich. Mario schnaubte kurz belustigt auf.

»Du bist nun seit mehreren Monaten verschwunden. Ich bezweifle stark, dass jemand aktiv nach dir sucht. Solange wir nicht jemandem, den du kennst, über den Weg laufen oder du einem Polizisten unter die Nase reibst, wer du bist, sollte es kein Problem geben. Außerdem nehmen gestresste Leute auf dem Weg zur Arbeit ohnehin absolut nichts wahr. Da, schau!«

Er zeigte auf einen 50 Meter entfernten Bus, der an einer Haltestelle wartete. Darin standen bereits einige Menschen mit Aktentaschen oder Rucksäcken. Ungeduldig starrten sie zu Boden, auf ihre Armbanduhren oder ihre Handys. Der Busfahrer wiederum wartete darauf, dass ein Mann, der sich mit zwei neonblauen Krücken stützte, in den Bus stieg. Keiner im Bus kam auf die Idee, ihm zu helfen – oder sie nahmen ihn gar nicht erst wahr.

Noch während ich dem allmählich immer mehr verzweifelnden Mann zusah, schossen die Marionettenfäden an mir vorbei und bohrten sich in eine Frau, die im Eingangsbereich des Busses stand und auf ihr Handy starrte. Plötzlich ließ sie das Handy fallen, ging einen Schritt vor und half dem Mann in den Bus. Augenblicklich schlossen sich die Türen des Busses, Marios Fäden verschwanden und er zog scharf Luft durch die Zähne ein.

Dann grinste er breit.

»Siehst du? Die erste gute Tat des Tages getan!«

»Wieso hast du dich eben angehört, als ob es wehgetan hätte, als deine Fäden durchtrennt wurden?«

»Das … schickt einen kalten Schauer durch meinen Körper. Warum das so ist, weiß ich nicht. Aber das sollte auch egal sein. Mein Ziel ist es, dass wir ein paar ähnliche gute Taten vollbringen im Laufe dieses Tages.«

Ich nickte bloß knapp. Er wich sehr gerne meinen Fragen aus.

In dem morgendlichen Gewusel in der Innenstadt dauerte es nicht lange, bis mein erster Einsatz kam. Ein Mann rannte durch einige Leute, während wir etwas abseits auf einer Bank saßen. Zunächst schlängelte er sich an den Leuten vorbei, doch dann hob er die Hände und stieß ein paar Leute aus seinem Weg. Ein anderer Mann stolperte gegen eine weitere Person und riss diese zu Boden. Noch bevor ich selbst etwas vorschlagen konnte, forderte Mario mich mit einer Geste auf, etwas zu unternehmen. Ohne über die Konsequenzen über meinen eigenen Körper nachzudenken, hob ich die Augenklappe an.

Mit perfekter Präzision hatte ich den richtigen Mann erwischt. Kontrolliert fing ich die schnellen Schritte ab und brachte mich dann zum Stillstand. Langsam drehte ich mich um und sah, wie der Mann, den mein jetziger Wirt umgestoßen hatte, sich aufgerappelt hatte und nun wutschnaubend auf mich zukam. Zu gerne hätte ich mich zur Strafe ausgezogen und dann ein dummes Lied gesungen. Stattdessen ließ ich mich auf die Knie fallen, und senkte dann langsam den Kopf, bis meine Stirn den Asphalt berührte. Ich hörte, wie die Menschen um mich herum einen Bogen um mich liefen. Verwundert blieb der andere Mann vor mir

stehen. Ich holte tief Luft und brüllte dann aus ganzer Lunge: »Ent-
schuldiguuuuuuuuuung!«

»Sie müssen nicht so schreien«, erwiderte mein Gegenüber. »Wir ha-
ben es alle eilig, aber achten Sie doch bitte ein wenig mehr auf ihre Mit-
menschen.«

Ich hob den Kopf und sah nach oben in ein ratloses Gesicht. Jegliche
Wut des anderen Mannes war verflogen. Er wich nun einen Schritt
zurück und setzte dann seinen Weg fort. Einen letzten Blick warf er
noch hinter sich, um zu sehen, ob ich noch immer kniete.

Als meine Knie anfingen zu schmerzen, setzte ich mich stattdessen
im Schneidersitz auf den Fußgängerweg. Noch immer mieden mich alle
anderen Passanten, sodass um mich herum eine Art Auge des Sturms
entstanden war. Zwar kam die Person, die ich kontrollierte, nun noch
später an ihrem Zielort an, aber ich hatte absolut keine Lust, ihren
Weg fortzusetzen, außerdem wusste ich nicht einmal, wohin ich hätte
gehen sollen. Noch einen Moment lang saß ich in der Gegend herum,
doch dann riss es mich zurück in meinen eigenen Körper.

Ich war zur Seite gekippt und mein Kopf ruhte sanft auf
Marios Schulter.

»Hab dich gefangen«, prahlte er. »Aber was war das denn!?
Du kannst echt geniale Dinge machen, weil du eben auch die
Sprache sprechen kannst!«

Der Satz klang sehr gestellt, aber ich wusste, dass Mario
nicht offen über „Fähigkeiten" oder „Kontrolle" reden wollte. Das Lob nahm ich dennoch dankend an. Geht doch, Mario.

Der Tag ging in etwa demselben Stil weiter, wie er angefangen hatte. Wir beobachteten die Menschen und wann

immer sich jemand rüpelhaft oder grob verhielt, kümmerten wir uns darum, dass derjenige gestraft wurde.

Wir blamierten Leute öffentlich, entschuldigten uns, machten Geschenke und verursachten das ein oder andere Missgeschick. Es war ein sehr lustiger Tag und wir lachten viel zusammen. Ich merkte regelrecht, wie Marios Vertrauen in mich erneut wuchs. Fast schon erstaunlich schnell. Wie von jemandem, der keine Freunde hatte.

Als wir abends zuhause aus dem Auto stiegen, lächelte ich, weil ich Spaß gehabt hatte, doch im Inneren war ich aufgewühlt. Ich wusste trotz allem, dass dieser Tag verschwendet worden war. Meine Fähigkeiten für unfreundliches Verhalten zu verwenden war lustig, aber es brachte niemanden weiter. Veränderte am Ende ja doch nichts. Für Mario und seine – nun ja, eingeschränktere – Fähigkeit, war eine solche Tätigkeit wie gemacht. Gelegentlich, wann immer er wollte. Ich hatte diese Wahl nicht. Ich musste meine Sicht einschränken oder meine Fähigkeit verwenden. Und wenn ich schon musste, dann sollte es was Großes, Bedeutendes sein. Das war meine Bestimmung.

»Das war doch mal erfrischend zur Abwechslung heute, oder?«, meinte Mario, während er die Tür zum Betonbunker aufschloss.

»Haha, ja«, antwortete ich.

»Wie wäre es, wenn wir das wiederholen? Zum Beispiel am Freitag und Sonntag. Diese Woche ist verkaufsoffener Sonntag, dann wird da schon ein bisschen was los sein.«

Ich erinnerte mich kurz daran, dass wir am letzten verkaufsoffenen Sonntag vor einigen Monaten ebenfalls in der Stadt waren.

»Klar, gerne am Freitag. Wenn es dir passt auch morgen. Am Sonntag wollte ich allerdings einfach mal für mich unterwegs sein.«

Schließlich würde ich mit Elena in die Stadt gehen. Mario brauchte ich nicht auch noch dabei. Er runzelte nun die Stirn.

»Was willst du denn da allein? Ich hoffe, du hast keinen Blödsinn vor.«

»Mario, ich brauche auch irgendwann Zeit für mich.«

»Die hast du doch immer, wenn ich nicht hier bin.«

»Dann habe ich aber keinen Tapetenwechsel.«

Er schloss die Tür hinter uns, betätigte den Lichtschalter und warf seine Jacke auf das Sofa.

»Also gut, dann gehen wir morgen und Freitag nochmal in die Stadt, am Samstag halten wir Ruhe und Sonntag machst du dein Ding. Mach keinen Scheiß, Seher.«

»Habe ich nicht vor.«

»Wenn du nichts Übertriebenes anstellst und dich auch nicht in Verbrechen einmischst, können wir die Woche darauf auch wieder auf Verbrecherjagd gehen. Beweis mir, dass du dich auch im Alleingang dich im Griff hast.«

Ich nickte, sagte aber nichts weiter dazu. Ging doch. Das Gespräch war damit allerdings beendet. Ich hatte keine Lust, dass er mir unnötige Fragen wegen Sonntag stellte. Wieso führte er sich überhaupt so auf, als ob er mein Vormund oder Meister wäre? Er war zwar volljährig, aber meine Fähigkeit war seiner weit überlegen. Dennoch spielte er sich auf. Lächerlich.

14 – Perspektiven

Ehe ich mich versah, war der Sonntag schon gekommen. Die beiden Ausflüge mit Mario, um Kleinigkeiten mit unseren Fähigkeiten anzustellen, waren zwar wieder kurzweilig gewesen, aber ohne nennenswerte Vorfälle verlaufen. Abermals hatten wir unhöfliches Verhalten gestraft, aber nichts am Großen und Ganzen verändert. Ich fühlte mich immer mehr, als nutze ich meine Fähigkeit nur aus, um herumzublödeln. Da kam mir der ruhige Samstag, an dem wir wieder nur Karten spielten, ganz recht. Immerhin war dies genau die Zeitverschwendung, nach der es sich anfühlte.

Es näherte sich dem Mittag, als ich meine Augenklappe zurechtrückte und mir meine dicke Jacke anzog. Mario hatte gemeint, dass heute der erste Schnee des Jahres fallen könnte. Ich verabschiedete mich von ihm, versprach erneut, nichts anzustellen, und ging nach draußen. Die Luft war kalt, doch wenigstens die Sonnenstrahlen waren warm. Die Tür fiel ins Schloss und gab mir den Startschuss, um zügig am Flussufer entlang loszulaufen. Reste von gefrorenem Morgentau knirschten unter meinen Schuhen. Mehrfach drehte ich mich um und überprüfte, ob Mario mich beobachtete. Tat er nicht. Scheinbar vertraute er mir tatsächlich wieder. Dennoch hörte ich erst auf mich umzudrehen, als unser Zuhause nicht mehr in Sicht war.

Elena wartete bereits auf jener Lichtung stehend, auf der wir uns zwei Mal zufällig getroffen hatten. Dass es diesmal nicht zufällig war, merkte man daran, dass sie mich lachend mit den Worten »Du bist zu spät!« begrüßte und mir ihre Armbanduhr präsentierte, die 12:02 Uhr anzeigte.

»Ich wäre sogar pünktlich gewesen, wenn ich nicht überprüft hätte, ob Mario mir folgt.«

»Glaubst du, er würde das tun?«

»Nicht wirklich, er scheint mir wieder zu vertrauen. Aber ich sichere mich lieber ab.«

Sie legte den Kopf schief. Ihre Augenringe waren heute dunkler als sonst.

»Also vertraust *du* ihm nicht«, stellte sie treffenderweise fest.

»Er schränkt mich ein. Aber lass uns doch losgehen.«

Wir gingen ein Stück weiter am Ufer entlang, bis ein Trampelpfad uns zurück in eine Wohngegend führte. Hier folgten wir den Gehwegen immer weiter in Richtung Stadtzentrum.

»Inwiefern schränkt er dich ein?«

»Indem er bestimmt, was ich mit meiner Fähigkeit anstelle. Indem er sich aufspielt, als wäre er mein Vater.«

Ich berichtete ihr von den kleinen „guten" Taten, die wir in den letzten Tagen gemacht hatten und wie blöd ich mir dabei vorgekommen war.

»Aber das klingt doch lustig! Weißt du, Nayan, du musst kein großer Held sein, um etwas in der Welt zu verändern. Es reicht, wenn du nett zu anderen bist, denn dann sind sie ja vielleicht auch wiederum nett zu den nächsten. Bevor du mir jetzt reinredest: Ich verstehe, dass du deine Fähigkeit nicht abstellen kannst und sie für etwas Gutes verwenden willst. Was ich dir sagen will, ist, dass du nicht alles ändern kannst, aber auch durch solche kleineren Sachen, wie in den letzten Tagen, die Welt ein wenig besser machen kannst. Vielleicht überlässt du die Verbrechensbekämpfung größtenteils unserer Polizei und der Justiz. Ansonsten lädst du dir am Ende noch zu viel selbst auf und bist unzufrieden, weil du nicht alles schaffen konntest. Unabhängig davon, ob du eine besondere Fähigkeit hast oder nicht, du bleibst am Ende ein Mensch, der seine Grenzen hat. Gib dein Bestes und steigere dich, anstatt direkt zu Beginn alles schaffen zu wollen.«

Dieses Mädchen machte irgendetwas, was mich ihr glauben ließ. Ihr Rat klang freundschaftlich und nicht so bestimmend wie der von Mario.

»Du hast Recht, ich sollte es nicht übertreiben. Aber meine Fähigkeit ist dennoch dafür da, auch großes zu vollbringen.«

»Aber in Maßen!«

»… in Maßen, ja.«

Ich spürte etwas wie Dankbarkeit tief in mir aufkommen, als wir uns zu Fuß auf den Weg in die Stadt machten. Es war zwar ein weiter Weg, aber durchaus machbar.

»Sag mal, hat sich nach meinem Verschwinden etwas geändert?«, fragte ich irgendwann. Sie zuckte mit den Schultern.

»Ehrlich gesagt nicht viel. Am Anfang haben sich die Lehrer über deine Abwesenheit gewundert, deine Eltern – nun ja, deine Mutter – hat mit fast allen aus der Klasse gesprochen. Ebenfalls muss sie sich bei der Polizei gemeldet haben, denn ein Beamter hat uns nach etwa einem Monat dann auch in der Schule besucht und ein paar Fragen gestellt. „Kanntest du ihn gut?" oder „Kennst du einen Ort, wo er sein könnte?". Keiner konnte diese Fragen mit ja beantworten. Inzwischen bist du nicht nur körperlich aus der Schule verschwunden, sondern auch aus den Köpfen deiner Mitschüler.«

Autsch. Brutal ehrlich, aber ich mochte das. Vielleicht war es an der Zeit, auch ehrlich zu ihr zu sein und die Wahrheit nicht zu verfälschen. Sollte ich ihr von dem toten Einbrecher erzählen?

»Nayan, wenn du in den Körper einer anderen Person schlüpfst, spürst du nur den Körper selbst oder auch die Gefühle?«

»Falls du Emotionen meinst, nein. Ich spüre nur meine eigenen. Allerdings habe ich dieselben Vorlieben, was Essen betrifft. Das habe ich festgestellt, als ich im Körper einer Kellnerin einen Kaffee getrunken habe, obwohl mir Kaffee absolut nicht schmeckt.«

» Solange das alles ist, was du im Körper einer Frau tust…«, lachte Elena.

Nun hatten wir die Fußgängerzone im Zentrum der Stadt erreicht.

»Bitte jetzt nicht mehr offen über meine Fähigkeit sprechen«, raunte ich ihr zu. Sie nickte, bevor sie mein Handgelenk griff und mich in ein nahegelegenes Kleidungsgeschäft zerrte. Dagegen konnte ich nicht viel machen, da sie größer, breiter und stärker als ich war. So verbrachten wir die nächste Stunde damit, uns T-Shirts und Jacken anzusehen. Während sie ein T-Shirt nach dem anderen anprobierte und mir präsentierte, saß ich auf einem Stuhl und gab meine Meinung ab. Es tat gut, zur Abwechslung ein ganz normaler Jugendlicher zu sein. Elena kaufte sich am Ende drei Shirts und eine Strickjacke. Da ich kein Geld dabeihatte, kaufte sie mir eine rote Wollmütze, die ich sogleich aufsetzte. Kühl genug war es ja.

»Nayan, wie kannst du zu einem Treffen in der Stadt an einem verkaufsoffenen Sonntag gehen und kein Geld mitnehmen?«, fragte sie belustigt, als wir das Geschäft verließen.

»Ich bekomme kein Taschengeld mehr und ein Zugriff auf mein Konto würde sicherlich von der Polizei bemerkt werden. Mario zahlt alles für mich.«

»Einfach so? Was hat er denn davon?«

»Ich glaube, er ist froh, nicht alleine mit seiner Fähigkeit zu sein.«

»Hm, verstehe. Nayan, du bist doch ein Gentleman, oder?«

»Nein.«

Trotzdem hielt ich keine Sekunde danach ihre Einkaufstüte mit den T-Shirts und der Strickjacke in der Hand. So schnell wurde man also zum Packesel.

Je mehr Läden wir besuchten, desto mehr wurde mir bewusst, wie müde Elena wirklich war. Allein deshalb übernahm ich die Taschen für sie. Ich konnte mir ohnehin nichts kaufen. Als ich mich in einem Schuhgeschäft auf einen freien Hocker setzte, um kurz auszuruhen, verwendete sie mich zu allem Überfluss auch noch als Stuhl, während sie Stiefel anprobierte.

Draußen war es inzwischen dämmrig geworden, obwohl es erst kurz nach 17 Uhr war. Elena hatte gerade vor mir den Laden verlassen, da fiel mir wieder ein, weshalb wir eigentlich in die Stadt gegangen waren. Die Einkaufstour hatte mich zwar abgelenkt, was in diesem Fall keine schlechte Sache gewesen war, doch irgendwann war die Zeit gekommen, wieder etwas ernster zu werden.

»Elena, willst du denn nicht meine Fähigkeit sehen?«

Sie drehte sich zu mir um und lächelte mich an.

»Doch klar, aber ich genieße es, einfach gemeinsam als Freunde Zeit zu verbringen. Daher hat es für mich einfach keine Eile. Ich weiß gar nicht, wann ich zuletzt mit jemanden zusammen in der Stadt war.«

Ich wusste genau, wann ich zuletzt mit jemandem in meinem Alter in der Stadt gewesen war: gar nicht.

Elena bemerkte meinen nachdenklichen Blick und meinte dann: »Aber da es dir wichtig scheint, es mir bald zu zeigen und ich auch mein ehrliches Interesse zeigen will, sollten wir uns nun endlich darum kümmern ... nachdem wir einen Kakao getrunken haben!«

»Aber ...«

»Nichts aber. Bleib locker, wir haben noch Zeit. Ich möchte den Einkaufsbummel mit einem Kakao ausklingen lassen, sodass ich mich dann vollends auf deine Demonstration konzentrieren kann.«

Eigentlich hätte es mich stören sollen, dass meine Fähigkeit ihr nicht wichtig genug schien. Aber andererseits hatte ich auch einiges an Spaß gehabt, sodass ihre Bitte mir auch sinnvoll erschien. Eins nach dem anderen. Also folgte ich ihr in ein Café mit dem Namen „grüne Sonne", welches im ersten Stock eines Kaufhauses zu finden war. Sofort musste ich an den Café-Besuch mit Mario denken und ich bat Elena darum, uns an die Fenster mit Blick auf die Straße zu setzen. Wir nahmen Platz, und während wir auf die Bedienung warteten, erzählte Elena mir irgendetwas über die Lehrer an meiner ehemaligen Schule. Ohne es böse zu meinen, hörte ich ihr aber kaum zu und mein Blick driftete durch das Fenster hinunter auf die Straße. Erst, als die Bedienung in Form eines braunhaarigen Mannes kam, kehrten meine Gedanken zurück an den Tisch.

»Nayan, weißt du wenigstens, was du trinken oder essen willst, wenn du mir schon nicht zugehört hast?«, sagte Elena trocken. Ich schnaubte bloß kurz und bestellte dann nur einen kleinen Kakao. Immerhin sollte ich auf die Kosten achten.

»Vermisst du dein altes Leben wirklich nicht?«, fragte Elena, nachdem sie einen Kakao und ein Stück Bienenstich angefordert hatte und die Kellnerin verschwunden war.

»Nein. Absolut nicht. Mein altes Leben wimmelte von Leuten, die mich nicht ernst genommen oder die mir erst recht Steine in den Weg gelegt haben. Du bist da wenigstens anders.«

»Wenigstens? Bloß nicht zu nett sein, was?«

Elena musste lachen. Ich rang mir ein Grinsen ab. Was sollte dieser unnütze Smalltalk? Zwar verstand ich, dass sie mich vor meiner Demonstration erstmal auflockern wollte, aber man musste die Zeit bis dahin doch nicht vergeuden. War das zu viel verlangt?

Endlich kamen unsere Getränke, sodass ich mich nun nicht mehr mit Kommunikation auseinandersetzen musste. Ich nahm den ersten Schluck aus meinem Kakao, dann den zweiten. Aus dem Augenwinkel sah ich hektische Bewegungen unten auf der Straße. Sofort blickte ich hinunter. Ein Mann rannte aus dem Kaufhaus unter uns hinaus und rempelte dabei ein paar Passanten an. Ihm folgte in kurzer Entfernung ein zweiter Mann, der beim Rennen wutentbrannt die Faust hob. Er schien etwas zu brüllen. Da ich es nicht verstand, griff ich den Griff des Fensters vor dem ich saß und stelle es auf Kipp. Dadurch lenkte ich auch Elenas Aufmerksamkeit nach unten auf die Straße.

»Was passiert-«

In diesem Moment hörte ich ein weiteres lautes Brüllen, als der zweite Mann den ersten einholte und sich auf ihn stürzte. Sofort wälzten sich die beiden auf dem Boden herum und droschen aufeinander ein.

Ich war kurz davor, meine Augenklappe zu lüften und mich einzumischen, doch Elena hielt mich ab.

»Du mischst dich da nicht ein, Nayan. Außerdem: was willst du ändern? Härter zuschlagen? Ich rufe lieber die Polizei.«

Somit ließ ich es zunächst sein und Elena holte ihr Handy hervor und wählte die Nummer der Polizei. Ich konnte dort unten tatsächlich nicht viel ausrichten, außer mich vermöbeln zu lassen. Das schienen selbst die Passanten so einzuschätzen, da die entweder tatenlos zusahen oder den Kampf vollkommen ignorierten.

Schnell wurde klar, dass der Verfolger dem anderen Mann überlegen war. Er hatte nun seinen Gegner am Boden fixiert und bearbeitete dessen Gesicht mit den Fäusten. Blut spritzte auf den Boden.

Plötzlich ertönte ein lauter Knall und Elena und ich zuckten zusammen. Der Mann, der eben noch am Gewinnen schien, fiel zur Seite und blieb in einer sich ausbreitenden Blutlache liegen. Dadurch gab er den Blick auf die rauchende Mündung einer Handfeuerwaffe frei, die der andere Mann soeben abgefeuert hatte. Genauso, wie ich die Situation langsam analysierte, so schienen auch die Passanten einen Moment zu brauchen, um alles zu verstehen. Als das Geschrei auf der Straße losging und die Panik ausbrach, hatte ich bereits meine Augenklappe gehoben.

Ich führte die Bewegung zu Ende und streckte die Beine durch. Erfolgreich aufgestanden. Das erstaunlich schwere Metall in meiner Hand war warm. Interessant. Ich sah, wie die eben noch ruhig schlendernden Menschen voller Angst in alle Richtungen davonstürmten. Es würde nicht mehr lange dauern, dann würde die Polizei dank Elenas Anruf hier aufkreuzen; oder dank einem der Anrufe, die nun getätigt wurden. Die Polizei würde den Schützen, in dessen Körper ich nun steckte, allerdings nicht mehr festnehmen können. Ich würde ihn richten, und zwar Kugel um Kugel. Ich brachte der Gesellschaft schließlich wahre Gerechtigkeit und wahren Schutz.

Die erste Schneeflocke des Abends segelte leise vor mir nieder. Ich folgte ihr mit meinem Blick und sah so hinunter auf den seitlich liegenden Leichnam, aus dessen Loch im oberen Brustkorb noch immer Blut sickerte. Menschen hatten doch erstaunlich viel Blut in ihrem Körper, nicht wahr?

Ich schnaubte belustigt auf. Kein Passant machte Anstalten, mich zu stoppen. Irgendwo verständlich. Wieso ich das Ganze so lange rauszögerte, war weniger verständlich. Schnell drehte ich die Waffe um, legte die warme Mündung unter mein Kinn. War sie noch geladen? Davon ging ich aus. Mein Finger krümmte sich am Abzug.

Erschrocken fuhr ich hoch. Der Knall von draußen hallte noch in meinen Ohren. Reflexartig schloss ich ein Auge, bevor ich die Augenklappe draufschob. Kakao tropfte von der umgeworfenen Tasse auf dem Tisch auf meinen Schoß.

Elena starrte mich mit aufgerissenen Augen an. Ihr Körper zitterte leicht.

»N-Nayan.«

»So geht das. Das war ich«, sagte ich. Unweigerlich schwang stolz in meiner Stimme mit. Siehst du? Es machte mir nichts aus.

»… irgendwo … hat er es ja vielleicht … verdient, aber trotzdem ist es schrecklich. Erst klappst du hier einfach zusammen und dann stirbt der zweite Mann da draußen … du hast vielleicht … schon richtig gehandelt, denke ich, aber ich möchte jetzt gerne heim.«

Es war ihr wohl doch zu viel. Nun gut, sie war so etwas auch nicht gewohnt.

»Dann sollten wir schnell gehen, bevor die Polizei alles absperrt oder uns als potenzielle Zeugen festhält. Komm!«

Ich zog sie am Arm hoch, schnappte ihre Einkäufe und wir ließen den umgekippten Kakao mitsamt halber Portion Bienenstich und einer weiteren halb gefüllten Kakaotasse stehen. An der Kasse des Cafés stand niemand, da alle Mitarbeiter schaulustig an den Fenstern standen und versuchten, einen Blick nach unten zu erhaschen. Gratis den Kakao umzukippen, klang immerhin nur halb so blöd wie dafür zu bezahlen.

Schon bald erreichten wir die Straße. Die Leichen lagen etwa 50 Meter von uns entfernt auf dem Boden, der sich nun immer mehr unter Schnee versteckte. Die Flocken fielen nun regelrecht in einer weißen Wand hinunter. Bloß bei den Leichen blieb kein Schnee liegen, fast so, als würde er den Tod meiden wollen. Hier und da kauerten nun Menschen, denen der Schreck noch immer im Gesicht stand und wieder andere liefen unruhig und ziellos umher. Ein Gedanke setzte sich fest und selbst, als wir zügig den Rückweg antraten, ließ er mich nicht los.

»Direkt wäre zu doof. Besser wäre…«, murmelte ich zu mir selbst.

»Warte kurz!«, rief ich dann zu Elena, drehte mich um und hob die Augenklappe, ohne zu zielen.

Ich fand mich im Körper einer jüngeren, dick eingepackten Frau wieder. Kurz suchte ich nach Orientierung und sprintete dann in Richtung der Leichen los. Flackerndes, blaues Licht tauchte in der Ferne auf. Ich war zu langsam! Noch im Sprint erledigte ich mich der dicken Jacke. Sofort lief es besser und ich erreichte schlitternd die toten Körper. Da ich genau wusste, in welcher Hand die Waffe gewesen war, fand ich sie sofort. Glücklicherweise lag sie lose herum, sodass ich sie schnell aufsammeln konnte. Ich orientiere mich erneut und rannte wieder los. Der Schatten im Schnee, der dort auf dem Boden lag, war mein Körper. Elena hatte sich über mich gebeugt und schien ängstlich an mir zu schütteln.

Der Körper der Frau hatte kaum noch Kraft, doch das war mir egal. Ich verlangsamte den Schritt als ich näherkam und warf die Waffe im Laufen in die Einkaufstaschen von Elena. Sie bekam es ohnehin nicht mit.

Mit letzten Kräften änderte ich meinen Kurs ein wenig und beschleunigte nochmals. Eine Hauswand kam näher und ich senkte den Kopf.

»Oh Gott, Nayan! Du bist wieder wach!«, schluchzte Elena. Tränen tropften auf meine Jacke.

»Alles gut. Ich musste nur noch etwas in Ordnung bringen, damit die Polizei alle Hinweise direkt vor Ort findet und es ein klarer Fall ist.«

Im Gegenteil. Ich hatte die Tatwaffe verschwinden lassen. Selbst, falls jemand meine Aktion gesehen hatte, würde er die Frau verdächtigen und keinesfalls mich, der bewusstlos herumgelegen hatte.

»Na dann.« Je länger wir uns hier aufhielten, desto schwächer wurde Elenas Stimme.

Der Rückweg dauerte eine gefühlte Ewigkeit, da wir uns nur anschwiegen. Die Atmosphäre zwischen uns schien wie das Wetter kalt geworden zu sein. Verstand denn auch sie nicht, dass ich das Richtige tat? Dass das alles sein musste? Wut kochte in mir auf. Konnte ich denn wirklich auf niemanden zählen? Ich dachte an die Waffe, die nun in einer der Taschen lag, die ich für Elena trug. Meinen Schritt verlangsamend, ließ ich mich ein Stück zurückfallen. Elena starrte stur geradeaus und schien dies nicht einmal zu merken. Ohne stehen zu bleiben, griff ich in die Tasche und wühlte ein wenig darin herum, bis meine Finger sich um kaltes Metall schlossen. Wie sicherte man das Ding? Ich schüttelte den Kopf. Keine Zeit. Ich zog die Waffe heraus und steckte sie sofort unter meiner Jacke hinter den Gürtel. So machte man das im Fernsehen doch auch. Wofür ich die Pistole verwenden wollte, war mir nicht klar, aber ich mochte das Gefühl von Macht, das nun in mir aufkam. Und eine weitere Waffe zur Verteidigung neben meiner Fähigkeit war doch auch ganz nett zu haben.

Ich lief wieder schneller und schloss zu Elena auf. Wortlos liefen wir noch bis vor ihr Haus, wo ich die Taschen und Tüten abstellte.

»Dann viel Spaß mit deinen Einkäufen und erhol' dich gut.«

»Danke. Ich muss jetzt erstmal für mich über ein paar Dinge nachdenken. Ich habe Angst.«

Ich sah zu Boden. Angst? Vor dem, der die Stadt wahrscheinlich vor einem Amoklauf gerettet hat?

»Ist in Ordnung, schließlich ist viel passiert«, sagte ich dennoch. Sie nickte knapp und verschwand mitsamt ihren Einkäufen im Haus.

15 – Alleingang

Es war bestimmt schon spät, als ich bei meinem Versteck ankam. Ich hatte mir Zeit gelassen, um das Geschehene nochmals in Gedanken durchzugehen.

Welch ein Paradebeispiel meiner Macht es gewesen war. Sofortige Rache, die aussah, wie ein Selbstmord. Gerechtigkeit.

Tatsächlich wäre ich ein ebenso guter Attentäter – der beste – wie ich ein heldenhafter Rächer war.

Mario sah mich sofort an, als ich unser Versteck betrat und die Tür hinter mir schloss. Er schien auf dem Sofa auf mich gewartet zu haben.

»Seher«, sagte er.

»Bin zurück«, erwiderte ich.

Er richtete sich auf und ging ein paar Schritte auf mich zu. Ich wusste, dass er bereits im Funk gehört hatte, was passiert war. Eigentlich wollte ich meine Jacke ausziehen, doch Mario starrte mich so eindringlich an, dass ich es zunächst sein ließ.

»Wie tief steckst du da mit drin?« Er sprach die Worte überdeutlich aus.

»Was genau meinst du?«

»Stell dich nicht blöd, Seher. Du bist auf eine oder andere Art in die Geschehnisse verwickelt«, knurrte Mario. Sein Blick durchbohrte mich förmlich. Mir wurde nochmals deutlich, wie viel kleiner ich tatsächlich war. Ich schnaubte gehässig auf.

»Du gehst gleich wieder vom Schlimmsten aus. Langsam solltest du verstehen, dass ich einer von den Guten bin! Ich habe viel Schaden abwenden können und habe für Gerechtigkeit gesorgt.«

»Das erklärt schon einmal, dass du für den „Selbstmord" verantwortlich bist. Hoffentlich hast du die Situation nicht verursacht.«

»Also glaubst du tatsächlich, dass ich Stress anfange, nur um dann mit reinem Gewissen morden zu können? Das widerspricht allem, was ich sein will. Ich habe ihn getötet, weil es gerecht ist. Deshalb macht es mir auch nichts aus.«

Die nächsten Worte spie Mario mir förmlich vor die Füße.

»Was du sein willst, ist Mist. Deine Gerechtigkeit ist verdreht und du labst dich am Blut deiner Opfer wie ein Vampir.«

»Wenn es dir um das Blut geht, wieso hast du dann bei unserem ersten Treffen von deinen Morden geprahlt?«, brüllte ich ihn an. Er antwortete genauso gereizt.

»Ich wollte für dich eine Bezugsperson sein. Ich wollte dich umerziehen können, indem wir zunächst „gleich" sind und beide Leute auf dem Gewissen haben. Nur ein einziges Mal habe ich mit meiner Fähigkeit getötet. Blind vor Wut habe ich den … Übeltäter hingerichtet und mir dann geschworen, es nie wieder zu tun. Ich prahlte damit vor dir, damit du dich verbunden fühlst, damit du mir vertraust.«

»Mit Vertrauen hat das nichts zu tun, Mario. Du wolltest mich kontrollieren, überwachen und beeinflussen. Was du gesucht hast, ist eine lustige Freizeitbeschäftigung und keine ernsthafte Heldentätigkeit.«

»Du bist kein Held, Seher. Du bist ein Monster«, sprach Mario nun plötzlich ruhig. Es handelte sich nicht um eine Beleidigung im Streit oder eine gehässige Bemerkung. Das war seine wahre Meinung über mich. Ich wurde so laut, wie ich noch nie in meinem Leben gewesen war.

»Nur weil du zu schwach bist. Nur weil du zu viel Angst vor der Verantwortung hast, die mit deiner Fähigkeit kommt. Nur weil deine Fähigkeit nie etwas Großes erreichen würde. Deshalb willst du mich einschränken, mich kleinreden und mir meine Zukunft ruinieren?«

»Du bist eine Gefahr für die Menschheit. Ich werde dafür sorgen, dass man dich einsperrt. Oder dir ein Auge aussticht, sodass du nie wieder großen Schaden anrichten kannst.«

Mario wich für eine Sekunde zurück. Ich wusste nicht, wann sich meine Finger um die Waffe geschlungen hatten, die ich nun hervorzog und mit beiden Händen auf ihn richtete. Mein Puls schlug wie wild in meinem Hals.

»Du kannst mich nicht aufhalten. Du bist zu schwach«, sagte ich, nun ebenfalls in einer tödlichen Ruhe.

Es geschah alles wie in Zeitlupe. Mario stürzte vorwärts und streckte eine Hand griffbereit nach vorne. Ich sah viele Emotionen in seinen Augen. Brennende Wut, Verzweiflung und Furcht vor mir. Hoffentlich sah er in meinen Augen nur die Wut, und nicht, dass ich kurz zögerte. Seine Finger streiften gerade den Lauf der Pistole, als ich die Muskeln im Unterarm anspannte und somit meinen Finger krümmte. Mit einem lauten Knall, der von den Wänden des Bunkers widerhallte, löste sich der Schuss. Die Kugel bohrte sich augenblicklich unterhalb der Achsel in Marios Brustkorb. Seine Hand zuckte zurück und mit einem Schmerzensschrei, den ich kaum hörte, ging er zu Boden. In meinen Ohren war nichts, außer ein unerträglich lautes, schrilles Geräusch. Mit meinem Gehör waren auch meine Emotionen verschwunden. Ausdruckslos senkte ich die Waffe und sah hinunter, wo Mario vor meinen Füßen schwach zuckte. Auch er blutete, wie die beiden Männer in der Einkaufsstraße es getan hatten. Auch er würde sterben. Sein Mund bewegte sich, doch ich hörte nichts. Seine Augen suchten Blickkontakt, den sie nicht fanden. Dann hörte die Suche auf und sein Kopf sackte mit offenen Augen zu Boden. Es machte mir gar nichts aus. Nun würde mich niemand mehr aufhalten. Es. Machte. Mir. Nichts. Aus.

Er war nur ein weiterer Mensch gewesen, der mich nicht verstand, der mich nicht ernst nahm und der mich einschränkte. Wenn er wirklich mein Mentor hätte sein wollen, hätte er mich unterstützen müssen. Doch da er mich auch nur als Monster sah, wusste ich, dass mich keiner jemals verstehen würde. Alles, was ich bekäme, wäre dieser Blick. Denselben Blick hatte ich auch bei Elena gesehen, nur konnte ich ihn vor ein paar Stunden noch nicht zuordnen.

Wenn mich niemand als Held sehen wollte, dann sollten sie ihr Monster bekommen, solange dies bedeutete, dass ich meine Gerechtigkeit durchsetzte. Beginnen würde ich damit, dass ich das gesamte System von Grund auf änderte. Wenn alle mich im Stich ließen, dann würde ich eben mein eigener Held sein.

16 – Rückblick

Tiefe, schwarze Leere begleitete mich in meinen Träumen in dieser Nacht. Ein unendliches Nichts. Langsam öffnete ich die Augen. Das Licht brannte noch immer in meinem Unterschlupf. Mein Puls war zu schnell dafür, dass ich noch auf meinem Feldbett lag. Anders als mein Herz war mein Körper aber nicht wach, sondern träge, als bahne sich eine Krankheit an. Doch egal, welche seltsam gemischten Signale mein Körper nun sendete, mein Geist besaß noch immer dieselbe Entschlossenheit des Vortags. Ich setzte mich auf. Mein erster Blick in den Raum blieb an Marios totem Körper hängen, der noch immer in derselben Position lag, wie er in vergangener Nacht gestorben war. Ich musste ihn beseitigen. Langsam schlurfte ich durch den Raum, stieg über den Leichnam hinweg, zog mir meine Jacke über und öffnete die Tür nach draußen. Die Luft war eisig und der Boden bedeckt mit Schnee. Schwaches Sonnenlicht drang durch dicke Wolken, die weiteren Schneefall ankündigten. Das Wasser im Fluss floss unaufhörlich still vor sich hin. Am Ufer des Flusses bildeten sich kleine Eisformationen, doch die Strömung verhinderte ein vollständiges Gefrieren. Ja, das sollte genügen. Ich machte auf dem Absatz kehrt und ging zurück in mein Versteck. Die Tür fiel hinter mir zu, ich beugte mich hinunter zu Mario und tastete ihn ab. Sein Körper war kalt, steif und fühlte sich nicht wie etwas an, das einst lebendig gewesen war. Aber das machte mir nichts aus. Ich fand sein Handy und sein Portemonnaie in seinen Taschen, außerdem noch seinen Autoschlüssel und einen Schlüssel, den ich nicht zuordnen konnte. Mir zuckte ein neuer Gedanke durch den

Kopf. Ich konnte auch später in Erscheinung treten und das System umwerfen. Zunächst …

Ich öffnete die Geldbörse, zog sämtliche Karten, die darin enthalten waren, heraus und verteilte sie auf dem Boden. Einen zerknitterten Zettel mit dem Text MarionettenLiese4210 schnappte ich mir zuerst, wusste aber nichts mit dem Passwort anzufangen. Daher steckte ich ihn ein und blickte zurück auf den Boden. Unter belanglosen Bonuskarten fand ich auch seinen Personalausweis und seine Bankkarte. Auf beiden prangte derselbe Name: Marlon Weißhausen, 34 Jahre alt. So weit weg von Mario war sein echter Vorname gar nicht. Zudem fand ich auf dem Personalausweis auch eine Adresse in meiner Stadt. Sein eigentlicher Wohnsitz also. Ich betrachtete den mir unbekannten Schlüssel für einen Moment. Was würde ich dort vorfinden? Hatte Mario etwas über unsere Fähigkeiten gewusst, was er mir vorenthalten hat? Konnte ich noch besser werden? Diese Fragen würde ich klären, indem ich bei ihm vorbeischaute. Als nächstes versuchte ich, sein Handy zu entsperren, was mir aber nicht gelang. Da es somit wertlos für mich war und zudem – falls jemand Mario vermissen sollte – getrackt werden könnte, stopfte ich es zurück in seine Jackentasche. Ich würde den Weg zu Marios Zuhause anders finden müssen.

Es dauerte nicht lange, da hatte ich die Tür aufgestoßen und zog den Leichnam durch den Schnee. Die Füße hinterließen zwei parallel verlaufende Spuren, bis ich den gesamten Körper längs an den Fluss legte. Stille. Niemand schien in der Umgebung zu sein. Nach einem letzten Blick auf den toten Körper des Mannes, der als Mentor versagt hatte, stieß ich ihn kräftig mit meinem Fuß. Er rollte von den Steinen hinunter und wurde von der Strömung erfasst, die ihn ein wenig untertauchen ließ. Hoffentlich spülte der Fluss ihn nicht schon in wenigen Metern an Land.

»Was hast du mir vorenthalten, Mario?«, murmelte ich ihm zum Abschied zu. Ungewollt, ungerufen, kam eine weitere Frage in meinen Kopf. Sie tobte förmlich darin herum, ließ meinen Blick verschwimmen und meinen Puls rasen, bis ich sie endlich aussprach.

»Wie viele mit ähnlichen Fähigkeiten gibt es noch?«, fragte ich mich selbst, wusste aber keine Antwort darauf. Was, wenn ich jemanden strafen wollte, der immun gegen meine Fähigkeit war? Was wenn er mich bedrohte und meine Fähigkeit machtlos, geradezu nutzlos war? Ich hatte die Pistole. Sie würde mich verteidigen. Doch was, wenn jemand stärker als ich war, mit einer besseren, perfekten Fähigkeit und er MICH kontrollieren konnte? Ein Gefühl von Schwäche machte sich in mir breit. Das gefiel mir ganz und gar nicht. Es gab keine anderen außer mir mehr! Keiner konnte mich aufhalten!

»Wie hoch ist die Wahrscheinlichkeit, dass die einzigen zwei Menschen mit Kontrollfähigkeiten aus derselben Stadt kommen?«, erklang Marios Stimme in meinen Gedanken.

»Halt dein Maul, bleib tot«, knurrte ich zurück und stampfte in den Bunker hinein. Im Versuch, etwas gegen meine eigene Unsicherheit zu tun, packte ich das Radio, drehte ein wenig an den Frequenzen herum, doch als meine zittrigen Finger keinen Kanal fanden, schleuderte ich es zu Boden, auf dem das Plastik splitterte und sich dann im Raum verteilte.

»Okay Nayan, beruhige dich. Du gehst nun in Marios Zuhause und schaust, was du finden kannst.«

Erstaunlicherweise konnte ich mich beruhigen. Puh. Am Ende machte es mir doch nichts aus. Jeder hatte doch mal einen Moment der Schwäche.

Bevor ich mich nach draußen auf den Weg machte, überprüfte ich meine Ausrüstung. Augenkappe saß. Autoschlüssel, Portemonnaie und der unbekannte Schlüssel fanden Platz in meiner Hose und meiner Jacke. Meine Pistole verstaute ich wiederum wieder unter der Jacke am Gürtel. Ich atmete kurz durch, bevor ich nach draußen in den Schnee trat.

Schnurstracks lief ich zu – ab sofort – meinem Auto, wischte mit dem Ärmel meiner Jacke Schnee von der Windschutzscheibe und stellte fest, dass sie tatsächlich nicht gefroren war. Ich wiederholte den Prozess an den anderen Fenstern, bevor ich die Tür entsperrte und mich auf den Fahrersitz fallen ließ. Zwar war ich inzwischen zwei Mal in anderen Körpern Auto gefahren, doch es war nochmals anders, selbst hinter dem Steuer zu sitzen. Ich saß zu weit weg vom Lenkrad, was ich glücklicherweise durch Herumprobieren an Hebeln an der Seite des Sitzes ändern konnte. Gerne hätte ich auch etwas höher gesessen, doch das konnte ich scheinbar nicht ändern. Wieso musste ich eigentlich mit dem schlechtesten fahrtauglichen Auto der Stadt herumfahren? Ich konnte mir jedes beliebige Auto beschaffen!

Der Motor sprang schnell an und schepperte. Gut, dass ich wusste, dass man zu Beginn die Kupplung und die Bremse gedrückt hielt. Gut, dass das Auto bereits weg vom Unterschlupf gerichtet war. Weniger gut war, dass ich die Kupplung zu schnell kommen ließ, das Auto einen Satz machte und der Motor ausging.

Beim vierten Versuch fuhr das Auto dann endlich plangemäß los. Wie verkrampft hielt ich das Lenkrad und ebenso steif waren meine Lenkbewegungen. Wie erbärmlich, dass mir das Autofahren nicht geheuer war.

Als ich den Weg verließ und auf befestigter Straße zwischen den Häusern durchfuhr, hielt ich bei nächster Gelegenheit auf dem Bürgersteig an. Der Grund hierfür – neben meiner Unlust zum Autofahren – war ein Mann, der jemanden an seinem Handy anbrüllte. Perfekt. Ich hatte mein Navigationsgerät gefunden. Das Glück war wie schon oft in letzter Zeit auf meiner Seite.

Wortlos drückte ich die aufgebracht klingende Stimme am anderen Ende der Leitung weg, navigierte mit meinen dicken Wurstfingern in die Anrufliste und blockierte die Nummer. Daraufhin suchte ich die Einstellungen auf, doch schaffte es nicht, den Entsperr-Code zu ändern, da ich hierfür den alten eingeben musste. Was wiederum hieß, dass ich das Handy nicht sperren durfte. Flott ging ich zu der klapprigen Karre – war die vielleicht hässlich – und öffnete die Tür. Ich tippte noch ein paar Mal auf den Bildschirm, damit es möglichst lange brauchte, um sich zu sperren, und legte es dann auf den Beifahrersitz. Natürlich konnte ich nicht warten, bis die Kontrolle über diesen Körper nachließ, dann würde sich das Handy mit Sicherheit sperren. Na schön. Inzwischen war ich wohl so etwas wie ein Experte darin. Ich peilte die nächste Laterne an, sprintete los und senkte meinen Kopf.

Doch bevor ich mit dem Pfahl kollidierte, rutschte mein linker Fuß auf einem Stück vereistem Boden aus und ich knallte einfach nur mit der Wange gegen die Straßenlaterne. Ein pochender Schmerz machte sich bemerkbar. Außerdem schien ich mir den Fuß umgeknickt zu haben. Den Schmerz konnte ich durch meine Übungen größtenteils ausblenden. Es half ungemein, dass ich genau wusste, dass für mein Leben keine Gefahr bestand, egal, wie stark es wehtat. Ich konnte mir mit immer

größerem Erfolg bewusst machen, dass dies nicht mein Körper war. Es
machte mir nichts aus.

Ich versuchte mich aufzurichten, doch mein pochender Fuß und der
eisige Untergrund taten ihr Bestes, um mich davon abzuhalten. Ver-
dammt, das Handy würde sich gleich sperren und ich musste mir ein
neues Navigationsgerät besorgen! Wütend biss ich mir auf die Lippe, bis
der Geschmack von Blut sich in meinem Mund breit machte und nutzte
diesen Impuls um mich irgendwie mithilfe der Laterne aufzurichten.
Schnell öffnete ich wieder die Beifahrertür des Autos, tippte wieder ein
paar Mal wahllos auf den Bildschirm herum und schloss die Tür wieder.
Komm schon, lass mich zurück in meinen Körper...

Beim zweiten Versuch klappte es dann. Ich unterdrückte den
Schmerz so gut es ging, rannte los, schlitterte ein Stück, senkte meinen
Kopf und knallte frontal gegen die Laterne.

Augenblicklich fuhr ich auf dem Fahrersitz herum und
griff nach dem Handy auf dem Beifahrersitz. Aus dem Augenwinkel sah ich die massive Gestalt des Mannes vor der
Laterne auf dem Boden liegen. Die Position war unangenehm
zu betrachten, sie hatte etwas Unnatürliches. Egal.

Ich suchte die Navigationsfunktion aus dem System des
Handys heraus, tippte die Marios Adresse ein und klemmte
das Gerät dann in die Mittelkonsole des Autos. Zwar hatte
ich keinen guten Blick darauf, aber eine bessere Lösung fiel
mir nicht ein. Handys sperrten sich normalerweise nicht,
wenn eine Navigation aktiv war, also musste ich mich um
nichts weiter kümmern.

Eine Viertelstunde später parkte ich das Auto an einer
freien Stelle auf dem Gehweg ganz in der Nähe von meinem

Ziel. Die Fahrt war … in Ordnung verlaufen. Ich hatte ein paar kleinere Beinahe-Unfälle, weil das Auto mir nicht ganz gehorchte und zudem konnte ich doch unmöglich auf alle Straßenschilder gleichzeitig achten! Als ich das Handy aus dem Auto nahm, kam mir ein Gedanke: Was, wenn jemand versuchte, dass Handy zu orten, da es offensichtlich verschwunden war? Ich konnte keine Verfolger gebrauchen, so viel war klar. Zähneknirschend machte ich das Handy aus und warf es dann achtlos durch den nächstbesten Gullydeckel. Weg damit. Ich ging noch ein wenig die Straße entlang, bis ich vor der Hausnummer stand, die auch auf Marios Personalausweis war − beziehungsweise auf dem Ausweis von Marlon Weißhausen. Das Haus war ein vom Wetter mitgenommenes, aber sonst recht schickes Mehrfamilienhaus. Das Treppenhaus war von außen durch eine verglaste Außenseite zu sehen. Hellgraue Treppenstufen wanden sich bis zum vierten Stock.

Ich zog Marios Schlüssel hervor und blickte auf die Klingelschilder vor dem Eingang. Hier wohnten 12 Familien, das hieß, es gab drei Wohnungen pro Etage. Ich konnte nur hoffen, dass die Wohnungen sich in derselben Anordnung befanden, wie ich die Klingelschilder vorfand…

»Kann ich Ihnen helfen, junger Mann?«

Ich fuhr erschrocken herum. Wie aus Reflex zuckte meine Hand zu meiner Augenklappe, bevor ich eine alte Frau erblickte und die Hand sinken ließ. Sie hielt selbst einen Haustürschlüssel in der Hand.

»Ich wollte bloß bei Mari − Marlon, Herrn Weißhausen, die Pflanzen pflegen. Er hat mich darum gebeten.«

Einen Augenblick zu lange sah mich die Frau prüfend an.

»Hatte die Liese denn keine Zeit? Sie hat das doch sonst immer übernommen, wenn Marlon unterwegs war.«

»Die beiden sind zusammen unterwegs«, log ich, in der Hoffnung mich nicht vollends in meinen Aussagen zu verstricken.

»Ach schön. Der Marlon ist bestimmt immer einsam auf seinen Geschäftsreisen. Da ist ein Urlaub genau das richtige! Wo sind die beiden denn hin?«

»Südafrika«, schoss aus meinem Mund, bevor ich nur einen Gedanken daran verschwenden konnte, ob es Sinn ergab.

»Schön, schön. Also gut, ich zeige Ihnen die richtige Wohnung.«

Sie schloss die Eingangstür auf und ich folgte ihr in den dritten Stock. Für ihr Alter flitzte sie die Treppen förmlich nach oben. Ich bedankte mich, woraufhin die Frau nett lächelte und einen Stock nach unten ging. Marios Schlüssel passte, wie erwartet, und ich betrat die Wohnung. Abgestandene, warme Luft kam mir entgegen. Ich widerstand dem Drang, irgendwo ein Fenster aufzureißen und analysierte stattdessen die Wohnung. Sie bestand aus vier Zimmern. Das Größte war ein Wohnzimmer mit einem teuer wirkenden Sofa, aber einem kleinen Fernseher, einer alten Radioanlage, einem abgewetzten Esstisch, zwei Kommoden, denen der Lack fehlte, und einem halb vertrockneten Farn-Gewächs. Die Küche hatte die nötigste Ausstattung, der Herd wirkte unbenutzt, aber dafür hatte die Mikrowelle ihre besten Tage hinter sich. Das Bad hatte bloß eine Toilette, Dusche und ein Waschbecken, aber keine Handtücher. Im letzten Zimmer standen bloß ein Kleiderschrank und ein Doppelbett mit zerwühlter Decke und Männer- als auch Frauenunterwäsche. Dieser Raum schien der einzige zu sein, in dem jemand gelebt hatte. Der Rest der Wohnung wirkte, als hätte man sie vor mehr als einem Jahr verlassen.

Kurzerhand öffnete ich den Kleiderschrank, doch fand in ihm nur ein Dutzend Kleidungsstücke vor. Wie überraschend. Nur um sicherzugehen, legte ich mich auf den Boden und spähte vorsichtig unter das Bett, wo ich lediglich Staub einatmete. Hustend und angeekelt verließ ich den Raum. Im Bad würde ich nichts finden, daher blieb mir bloß das Wohnzimmer übrig. Ich war mir nicht sicher, ob es Glück oder Pech war, dass Mario so wenig Stauraum hatte. Einerseits musste ich keinen ganzen Tag damit verbringen, Schubladen zu durchwühlen, andererseits wirkte diese Wohnung nicht wie ein Lagerplatz für wichtige Unterlagen. Bislang hatte ich den Eindruck, dass Mario mehr Kram in meinem Versteck untergebracht hatte als in seinem festen Wohnsitz.

Die erste Kommode im Wohnzimmer war abgesehen von ein paar alten CDs, ein paar Sachbüchern zum Thema Wasserwirtschaft und wenigen Servietten leer. In der Hoffnung, dass ich bei der zweiten mehr Glück hatte, öffnete ich nacheinander die Schubladen. In der obersten fand ich zwei Arbeitsverträge von den örtlichen Wasserwerken: Einen veralteten für eine 40-Stunden-Vollzeit-Stelle und einen zweiten, der Mario als Nachtwächter für die abgeschaltete Wasserprüfstelle am Fluss bezeichnete. Ich schnaubte. Was war das denn für ein dämlicher Job? Sicher hatte er seine Fähigkeit verwendet, um diesen Vertrag zu bekommen. Niemand brauchte einen Nachtwächter für diese Hütte. Auf der Rückseite des zweiten Vertrages befand sich ein grüner Klebezettel, auf den Mario „1x die Woche anrufen und Statusbericht abgeben" gekritzelt hatte und eine Telefonnummer stand. Musste er den Wasserwerken Bericht erstatten?

Ich begann am ganzen Körper zu zittern. Schweiß brach auf meiner Stirn aus. Das … Das hieß, wenn er sich nicht meldete, würde das Wasserwerk jemanden vorbeischicken, um nach ihm zu sehen. Mein Versteck war kein sicherer Ort mehr. Verdammt. In Marios Wohnung konnte ich nach seinem Verschwinden – das diese Liese, von der die alte Frau gesprochen hatte, melden würde – auch nicht leben. Ich hatte keinen Rückzugsort mehr. Verflucht, Mario. Selbst im Tod treibst du mich in den Wahnsinn.

»Beruhige dich, Nayan«, sagte ich mir selbst und erschrak dann gleich über den bestimmenden Ton. Ich atmete kurz durch und sammelte meine Gedanken. Dass Marios Tod auffiel, konnte ich bestimmt noch eine ganze Weile aufschieben.

Schritt eins: Wöchentlich den Anruf tätigen. Sollten sie es mir nicht abkaufen, konnte ich mit meiner Fähigkeit den Vertrag sicherlich anpassen lassen.

Schritt zwei: Liese beseitigen. Es schien niemanden außer ihr zu geben, der sich irgendwelche Gedanken um Mario machte. Damit würde sein Tod nicht–

Die Leiche! Irgendwann würde die Leiche gefunden werden und noch später identifiziert worden sein. Ich sog scharf Luft zwischen den Zähnen ein. Hätte ich doch mehr darüber nachgedacht!

Egal. Das wird schon. Irgendwie. Es macht mir nichts aus. Das alles macht mir nichts. Gar kein Problem. Mir geht es gut.

Ich öffnete die zweite Schublade und sah sofort den Laptop, der darin verstaut war. Mit noch immer schwitzigen Händen hob ich ihn und das Ladekabel heraus und trug ihn zum Esstisch. Nach kurzem Verkabeln schaltete ich ihn ein.

Wie erwartet, fragte das Gerät nach einem Passwort. Kurz war ich versucht, meine Faust mitten im Bildschirm zu versenken, doch dann erinnerte ich mich an den knittrigen Zettel, den ich aus Marios Geldbörse entnommen hatte. Ich suchte in meiner eigenen Hosentasche, fand ihn und tippte dann das Passwort „Marionettenliese4210". Was für ein Passwort ist das denn, Mario?

Zu meiner Erleichterung akzeptierte der Laptop das Passwort und ich begann mich ungeduldig durch die Dateien auf dem Gerät zu klicken. Zunächst fand ich einige uninteressante Dokumente, wie Notizen, Briefe an Behörden und dann auch schnulzige Liebesbriefe an Liese. Angewidert schloss ich den Ordner wieder.

Einige Urlaubsbilder und Dokumente der Wasserwerke später stieß ich auf einen Ordner mit dem Titel „Sonstige Werbung". Darin befanden sich zwei Dateien, „Theatervorstellung" und „Optiker-Broschüre". Ich hatte mich selbst bei den Liebesbriefen nicht vom Titel abbringen lassen, daher öffnete ich auch jetzt die „Theatervorstellung" und las:

»Ich hätte nie gedacht, dass ich jemand sein würde, der ein Tagebuch führt, aber ich muss einfach ein paar Gedanken loswerden. Es ist nun drei Tage her, seitdem ich herausfand, dass ich mit einem Befehl meiner Gedanken und den richtigen Fingerbewegungen andere Menschen kontrollieren kann. Das Wissen, wie es funktioniert, kam von irgendwo in mir, einem Ort, der nicht mein Körper zu sein scheint. Die Kontrolle über die Menschen ist noch sehr ungeschickt, sie zappeln herum wie Marionetten, die von einem Kind gespielt werden. Ich kann mir selbst das goldene Leben verschaffen, wenn ich lerne, meine Fähigkeit bestmöglich einzusetzen.

Mein Wille wird der von allen anderen. Zu Übungszwecken habe ich mir eine normale Holzmarionette gekauft…«

Ich schnaubte auf. Jemand, der seine Fähigkeit nach Belieben einsetzen konnte, war nur darauf aus, sich selbst zu bereichern. Er war eben nicht so an seine Fähigkeit gebunden wie ich.

Im weiteren Verlauf des Dokuments redete er von den kleinen Erfolgen, die er im Laufe der Zeit erzielt hatte, bis er die Motorik der anderen so kontrollieren konnte, dass das Verhalten seiner „Marionetten" nicht mehr auffällig war. Die einzigen Dinge, an denen er verzweifelte, waren die Sprache, direkter Augenkontakt und feine Bewegungen, wie zum Beispiel das Schließen von Knöpfen.

Genervt von Marios Eigenlob, schloss ich das Dokument wieder und öffnete die sogenannte „Optiker-Broschüre".

»Ich hatte befürchtet, dass ich nicht allein bin mit meiner Fähigkeit. Aber wie groß ist die Wahrscheinlichkeit, dass es einen zweiten Menschen mit einer ähnlichen Fähigkeit in derselben Stadt gibt? Es ist beinahe unmöglich, dass es keine weiteren mehr in der Welt gibt. Wenn es nur uns beide gäbe, dann wohl nicht dicht beieinander.

Ich traf ihn in einer der Bars, in denen ich gerne meine Fähigkeiten übe, indem ich die Betrunkenen miteinander prügeln lasse. Er ist noch jung, noch ein Schüler, und scheint nicht besonders glücklich mit seiner Situation. Seine Fähigkeit ist anders als meine. Sobald er jemanden mit beiden Augen ansieht, schlüpft er in dessen Körper und hat die vollständige Kontrolle über diesen. Sein eigener Körper bleibt wie eine leere Hülle zurück, bis er wieder in seinen eigenen Körper zurückkehrt. Wann das passiert, kann er nicht steuern.

Der Junge lebt nun in dem stillgelegten Wasserlabor am Fluss, wo ich mich immer aufhalte, wenn ich einfach meine Ruhe haben will. Ich musste zwar unter anderem diesen Laptop nun in meine Wohnung bringen, damit er nicht auf die Idee kommt, in meinen Sachen zu wühlen, aber das ist es mir wert. Lieber weiß ich, wo der Junge ist, anstatt ihn frei herumstreunen zu lassen. Er sieht in sich einen geborenen Helden, der die Welt verändern wird. Blödsinn, aber ich spiele mit. Schließlich kann man uns zu zweit kaum noch aufhalten. Meine Fähigkeit ist präzise und kontrolliert, seine stark, aber unkontrollierbar – bisher. Ich werde ihm einiges beibringen, sodass wir uns nie wieder Gedanken um irgendetwas machen müssen.«

Er spielte bloß mit? Die ganze Zeit hielt er meinen Plan, die Welt zu verändern, für eine kindische Fantasie, bei der er „mitspielte"?

Ich schnaubte vor Wut. Dieser elende...

»Beruhige dich, Nayan. Er ist tot. Er hält dich nicht mehr auf. Dir braucht es nichts mehr auszumachen, was er gedacht hat«, sagte ich zu mir selbst.

Ich las weitere Berichte davon, was wir zusammen getestet, getan und geübt haben. Einige Einträge später schrieb Mario nun:

»Der Junge macht mir Angst. Er lässt einfach nicht locker in seinen Plänen, ein Held zu werden. Sein Heldentum besteht allerdings immer mehr daraus, die in seinen Augen Bösen zu töten. Er erschlug im Körper eines Einbrechers dessen Kollegen und war daraufhin so stolz darauf. In seinen Augen war nichts als Mordlust. Ich muss zusehen, dass ich ihn wieder auf die richtige Bahn bekomme. Das wird schon. Falls nicht, verschwinde ich von hier und führe ein ruhiges Leben mit Liese…«

Dies war der letzte Eintrag im Dokument. Ohne Datum.

Unkontrolliert huschte ein Kichern über mein Gesicht. Er konnte mich nicht abbringen. Niemand konnte das mehr.

»Ich hatte befürchtet, dass ich nicht allein bin mit meiner Fähigkeit. Aber wie groß ist die Wahrscheinlichkeit, dass es einen zweiten Menschen mit einer ähnlichen Fähigkeit in derselben Stadt gibt? Es ist beinahe unmöglich, dass es keine weiteren mehr in der Welt gibt«, hallte Marios Stimme in meinem Kopf nach, als würde er aus dem Dokument vor mir vorlesen. Schweiß trat auf meine Stirn. Wen und wie viele gab es noch? Waren sie stärker als ich? Würden sie sich mir ebenfalls in den Weg stellen? Meine Hände zitterten, meine Gedanken verließen meinen Herrschaftsbereich. Ich las die Zeilen auf dem Dokument wieder und wieder, doch die verschwanden einfach nicht. Es ist beinahe unmöglich, dass es keine weiteren mehr in der Welt gibt. Es ist beinahe unmöglich, dass es keine weiteren mehr in der Welt gibt. Es ist beinahe unmöglich, dass es keine weiteren mehr in der Welt gibt.

Neinneinneinneinnein. Ich war ein Held, ich war einzigartig!

Die Tür zur Wohnung wurde aufgeschlossen. Eine große, blonde Frau trat herein, sah sofort durch die offene Tür des Wohnzimmers und erblickte mich. Instinktiv hob ich meine Augenklappe.

17 – Erblicke: Nayan, den Helden

Im Körper der Frau, sammelte ich mich erst kurz, da ich die aufkommende Panik nicht zulassen wollte. Dann schloss ich die Tür hinter mir und ging in das Wohnzimmer. Der Kopf von Nayan war auf die Laptop-Tastatur gefallen und schrieb nun lauter „nnnn" in das Dokument hinein.

Diese Frau, in deren Körper ich nun steckte, musste Liese sein. Ich hatte sie schon einmal gesehen, damals am Park, wo Mario anscheinend mit ihr spazieren gewesen war. Ich legte meine Handtasche ab und zog die braune Cargo-Jacke aus, ließ sie zu Boden fallen. Ja, ich wollte Liese beseitigen, aber wieso war sie jetzt hier? Hatte die alte Frau nachgehakt, weil ihr etwas seltsam vorgekommen war? Oder war es Zufall? Egal.

Sollte ich sie fesseln, während ich die Kontrolle über ihren Körper hatte? Gab es Informationen, die ich ihr entlocken konnte? Mario schien mit ihr nicht über mich oder seine Fähigkeit geredet zu haben. Wenn ich sie ausfragen wollte, lief ich bloß Gefahr, dass sie schrie und die Nachbarn alarmierte. Nun gut, beenden wir es eben.

Ich schaltete meinen Kopf ab und ging wie in Trance in die Küche, wo ich mir das schärfste Messer heraussuchte – ein Schuss aus der Pistole wäre zu laut. Dann schlurfte ich in das Schlafzimmer, legte mich rücklings auf das Bett und betrachtete das Messer kurz, bevor ich es mir unterhalb des Kinns in den Hals rammte. Einen Augenblick lang röchelte ich, ein kalter Schmerz wanderte durch meinen Körper, dann wich das Gefühl und die Schwärze, die ich inzwischen schon kannte, umfing mich.

Eine Tastatur war kein bequemer Ort für ein Nickerchen. Ich hob meinen Kopf, betrachtete alle N's auf dem Bildschirm, schnaubte belustigt und stand dann auf. Schnell sammelte ich die Handtasche und die Jacke auf und durchsuchte beides. Das Paar Handschuhe und das gesperrte Handy mit Hundebild als Hintergrund waren nutzlos für mich, aber das Bargeld und ihren Schlüsselbund, bestehend aus zwei Schlüsseln und einem Autoschlüssel, nahm ich gerne. Ich betrachtete kurz den Ausweis in ihrer Geldbörse. Elise Grafstein, 32 Jahre alt. Sie und Mario waren ein echt gutaussehendes Paar gewesen. Tja, schade nur, dass es mir nichts ausmachte, sie aus dem Weg zu räumen, wenn sie mich aufhalten wollten.

Was war nun mein nächster Schritt? Ich musste davon ausgehen, dass die alte Frau in der Wohnung ein Stockwerk weiter unten Elise angerufen hatte und diese nach dem Rechten schauen wollte. Dies wiederum hieß, dass die alte Frau ebenfalls alarmiert war und unter Umständen die Polizei rufen würde, wenn Elise sich nicht mehr meldete. Sie musste also auch beseitigt werden. Aber dann gab es Leute, die wiederum nach ihr sehen würden … ein ewiger Kreislauf. Ich konnte mich wohl nicht mehr verstecken und im Bunker am Fluss leben, da irgendjemand dort auch aufkreuzen würde. Marios Wohnung war auch keine Möglichkeit mehr, da ich Elises Leiche mitten in der Stadt nicht entsorgen konnte und zudem die alte Frau wusste, dass ich die Wohnung betreten hatte.

Zurück zu meinen Eltern? Keine Chance, sie würden mich nur noch mehr hassen und irgendwohin verfrachten, wo ich sicher nicht hinwollte. Ich hatte alle Bezugspersonen verloren. Außer einer.

Elena wusste alles. Sie wusste von meiner Fähigkeit, sie wusste von dem „Selbstmord"-Schützen in der Fußgängerzone. Einen Moment lang ließ ich meine Gedanken um Elena kreisen. Sie war die einzige lebende Person, die von meiner Fähigkeit und meinem ungefähren Aufenthaltsort wusste, aber auch sie schien nicht besonders angetan gewesen zu sein. Sollte es dazu kommen, dass sie meinen Eltern oder der Polizei etwas erzählte, hätte ich ein Problem. Wenn sie etwas über meine Fähigkeit verriet, was die meisten nicht glauben würden, könnten andere mit ähnlichen Fähigkeiten auf mich aufmerksam werden und ich wäre geliefert. Ich wusste nicht, ob es hier weitere wie mich gab, wo sie waren und wer sie waren. Um die Welt zu verändern und das Böse loszuwerden, musste ich also weiter verdeckt handeln und zeitweise untertauchen, bis ich eine neue Bleibe auftreiben konnte, was glücklicherweise nicht schwer werden würde mit meiner Fähigkeit. Doch die höchste Priorität hatte nun, zu überprüfen, wie Elena mir gegenüber eingestellt war.

Doch vorher musste ich Beweise vernichten. Ich holte mir ein großes Glas Wasser aus der Küche und goss es über den Laptop, bis sich auf Tisch und Boden eine Pfütze gebildet hatte und der Laptop nicht mehr anging, egal, wie oft ich den An-Schalter betätigte. Nun wusste ich allerdings nicht, wie ich meine Fingerabdrücke von all den Gegenständen entfernen konnte. Ich wusste nicht einmal mehr, was ich alles berührt hatte! Verdammt, Nayan, darüber hättest du vorher nachdenken müssen! Waren meine Fingerabdrücke der Polizei bekannt, weil meine Eltern mich als vermisst gemeldet hatten? WIESO STELLTE SICH JEDER IN MEINEN WEG?

Zornentbrannt trat ich den Laptop vom Tisch, rückte meine Augenklappe zurecht, zog meine Jacke wieder an, kickte die Handtasche von Elisa durch den Flur und ging zur Tür. Bevor ich ging, drehte ich mich nochmals um und sah auf die Leiche, die alle Gliedmaßen von sich streckend auf dem Bett lag. Elises Augen standen offen, doch der leblose Blick wanderte direkt durch mich durch.

»Du kannst mir gar nichts mehr tun, Elise«, sagte ich lauter, als ich wollte. Dann öffnete ich die Wohnungstür, schloss sie leise mithilfe des Schlüssels und eilte leisen Schrittes das Treppenhaus hinunter. Direkt vor dem Haus stand nun ein kleines, blaues Auto, eindeutig einer neueren Generation. Ich zögerte kurz, glich das Logo des Autos mit dem Logo auf Elises Schlüssel ab und drückte auf die elektronische Entriegelung. Das Auto reagierte.

Nein. Ihr Auto zu nehmen wäre dumm. Nach ihr würde eher gesucht werden als nach Mario und im gleichen Zug würde man das Auto suchen. Ich löste den Autoschlüssel von Elises Schlüsselbund und steckte ihn in die Autotür. Sollte sich doch jemand bedienen, der vorbeikam. Bevor ich noch länger vor dem Haus herumstand, eilte ich ein wenig die Straße hinunter, bis ich in Marios Klapperkiste steigen konnte. Nächster Halt: Elenas Zuhause.

Ich zweifelte kurz daran, ob mein Vorhaben gut war. Ein letztes Aufbäumen meines schwachen Gewissens? Wie auch immer. Ich musste mir ein Bild darüber machen, wie Elena eingestellt war. Aber was auch immer sie sagen würde: Es machte mir nichts aus.

Während der Fahrt fing es an, so dicht zu schneien, dass es meine ohnehin erbärmlichen Fahrkünste noch mehr auf die Probe stelle. Dazu kam, dass sich nun die Anspannung in meinem Körper löste, die ich mit mir herumgetragen hatte, seitdem ich mein Versteck verlassen hatte. Ich fühlte mich träge, mein Blick verschwamm hin und wieder und ließ die weiße Wand aus Schneeflocken immer weißer aussehen. Mein Körper sträubte sich förmlich gegen mein Ziel, was ich nicht erklären konnte. War ich überhaupt in der richtigen Richtung unterwegs? Ich musste mir wirklich ein Handy besorgen.

Plötzlich ertönte ein Scheppern, dann ein schleifendes Geräusch von rechts und ich wurde gegen das Lenkrad gedrückt. Der Motor würgte ab. Na super. Ich schüttelte den Kopf, um etwas wacher zu werden. Wann war ich dermaßen abgedriftet?

Erzürnt trat ich gegen die Fahrertür und öffnete sie. Das Schneetreiben beförderte mir sofort kalte, nasse Flocken ins Gesicht. Nachdem ich meine Jacke zurechtgerückt und die Kapuze aufgesetzt hatte, betrachtete ich das Ergebnis meiner Fahrt: Das Auto war über einen hohen Bordstein gefahren, daraufhin rechts gegen einen Metallzaun geprallt und hatte sich dort verkeilt. Hinter dem Zaun stand ein Haus, in dem Licht brannte und zudem Rauch aus dem Schornstein aufquoll. Das Blech war bis zur Motorhaube zusammengeschoben worden und unter dem Auto sickerte nun eine Flüssigkeit auf den Boden.

»Verdammte Scheißkarre«, knurrte ich das Auto an. Mit einem besseren Auto wäre mir das nicht passiert. In diesem Moment hörte ich, wie die Tür des Hauses, zu dem der Zaun gehörte, sich öffnete. Ich fuhr herum und sah einen mittelalten, bärtigen Mann aus dem Haus kommen.

»Was soll das denn hier?«, fluchte er los, sobald er sich sicher war, dass ich ihn hören konnte. Doch mir war nicht danach, mich mit ihm zu beschäftigen. Ich lehnte mich an das Auto und hob die Augenklappe.

Dieser Typ dachte also, er könnte versuchen, mich aufzuhalten?
MICH? Ich würde ihn beseitigen. Langsam stolperte ich zurück in das
Haus, suchte nach einer geeigneten Waffe und fand etwas Aufregenderes.
Im Flur stand eine Gasflasche, die wohl vom Grillen im Sommer übrig-
geblieben war. Das Haus hatte doch einen Kamin, sonst hätte ich kei-
nen Rauch aus dem Schornstein sehen können… Ich hob sie am dafür
vorgesehenen Henkel empor und trug sie in das Wohnzimmer hinein.
Dort stolperte ich über einen Spielzeugbagger, welchen ich erzürnt zur
Seite trat. Wessen Mist lag hier einfach in MEINEM Weg herum?
Schon stand ich vor dem Objekt meiner Begierde: Dem Kamin. In ihm
tanzten die Flammen, hungrig nach dem Gas, das ich in meiner Hand
hielt.

»Alles in Ordnung da unten? Geht es dem jungen Mann aus dem
Auto gut? Hörte ich eine weibliche Stimme aus dem Obergeschoss – wo
auch immer die Treppe war. Egal.

Ich umklammerte die Gasflasche mit beiden Händen und hockte
mich dicht vor den Kamin. Die Hitze der Flammen war ein wenig
unangenehm, aber das konnte mir egal sein. Es war nicht mein Körper.
Langsam hob ich nun den Behälter ins Feuer, die Flammen verteilten
ihren Ruß auf ihm und versengten die Haut an meinen Armen. Ein
ganz anderer Schmerz, echt faszinierend!

Den darauffolgenden Knall bekam ich auf den Bürgersteig
gesunken, aber noch an meinem Auto lehnend, mit. Ein
schriller Ton blieb in meinen Ohren zurück. Dann hörte ich
das Kreischen einer Frau und sah durch das Fenster, wie die
Flammen nun nicht mehr im Kamin, sondern auch an den
Gardinen des Raumes tanzten.

Ich schüttelte den Kopf. Keine Zeit, die Flammen zu be-
wundern. Ich musste weiter.

Schnell richtete ich mich auf und setzte meinen Weg zu Fuß in eine beliebige Richtung fort, bis ich auf eine mir vertraute Straße stieß und mich neu orientierte. Wie es das Schicksal wollte, war ich weniger vom Weg abgekommen, als ich vermutet hatte. Es dämmerte nun allmählich und Schnee bedeckte mich. Doch die schmerzende Kälte, die in meine Glieder kroch, machte mir nichts aus. Ich musste wissen, ob Elena mich als Held sehen konnte. Ob ich es in mir hatte. Ob sie mich noch mochte. ObicheinHeldwar. OballeBösendenTodverdienthatten. ObdiesalleseinenSinnhatte. Ob ich das richtige tat. Natürlich tat ich das. Was für eine dumme Frage. Hahahaha. Dumme Frage. Hahaha. Das einzig Richtige WAR mein Weg. Hehehe.

Kichernd kam ich irgendwann kurz vor Sonnenuntergang an meinem Versteck am Fluss an. Ich öffnete die Tür mit meinem Schlüssel. Alles war unverändert. Keine Geräusche, kein Licht, kein Mario.

»Bist du Stolz darauf? Was aus dir geworden ist?«, hallte seine Stimme urplötzlich durch meinen Kopf.

»Die Toten reden nicht, Mario. Ich habe schon Elise zu dir geschickt? Reicht dir das nicht, um endlich, endlich, ENDLICH MAL DIE KLAPPE ZU HALTEN!?«, brüllte ich in den stillen Raum hinein und begann zu lachen. Ich lachte, weil er nicht mehr lebte, weil er nur eine Kreatur meines Gewissens war und weil das alles mir nichts ausmachte. Noch immer lachend schloss ich die Tür wieder, ohne hineingegangen zu sein, und begann meine steifgefrorenen Glieder am Flussufer entlangzubewegen.

Irgendwann kam ich an der Stelle an, wo ich Elena bereits zwei Mal getroffen hatte. Es war nun dunkel und der Schneefall hatte sich beruhigt. Müde schlurfte ich durch die weiße Schicht auf dem Waldboden, bis ich am Zaun des Gartens von Elenas Haus stand. Im Erdgeschoss brannte Licht, im Obergeschoss nicht. Ich erinnerte mich, dass Elena mir erzählt hatte, dass ihr Zimmer im Obergeschoss sei. War sie nicht daheim? Das musste ich mir ansehen.

Das Gartentor war verschlossen, aber ein gezielter Tritt auf das Schloss war alles, was es brauchte, um aufzuspringen. Verhältnismäßig lautlos sogar. Schnee sei Dank. Ich sah eine Bewegung in einem der Fenster und schlich näher heran. Zum Glück waren Fenster wie Spiegel für diejenigen, die aus dem Licht ins Dunkle sehen wollten. Mein Blick fiel nun auf einen Mann mit einem Zopf aus blondem Haar. Das musste Elenas Vater sein. Er war gerade dabei, etwas Gemüse klein zu raspeln. Wie die Raspel sich wohl anfühlte, wenn man sie sich selbst über das Gesicht rieb? Ich unterdrückte ein Kichern und hob stattdessen die Augenklappe an.

Schade, fast hätte ich mir in die Hand geraspelt. Eine Grimasse schneidend legte ich die Raspel neben das Schneidebrett, betrachtete kurz die Sammlung an Küchenmessern, aber bewegte mich dann aus der Küche hinaus und hinein in den Flur. Durch eine offene Tür sah ich das Wohnzimmer, in dem Elenas Mutter, die ich aus der Grundschule kannte, auf dem Sofa saß und die Nachrichten ansah. Es war die Rede von einer Gasexplosion und einem Autounfall in unserer Stadt, die wahrscheinlich zusammenhingen. Des Weiteren wurde von einem Leichenfund in einem Mehrfamilienhaus berichtet, allerdings gab die Polizei hierzu noch keine Details preis. Zähneknirschend riss ich mich los und suchte stattdessen die Treppe nach oben. Scheiße. Ich hätte die alte Frau loswerden sollen. Wahrscheinlich hatte sie die Polizei gerufen, als sie Elises Auto mitsamt Schlüssel auf der Straße gesehen hatte und diese nicht mehr die Tür öffnete. Nein, nein, nein, nein! Ich hatte überall Spuren hinterlassen. Sie waren mir bestimmt längst auf der Spur.

Wie in Trance war ich nun im ersten Stock angekommen. Ich öffnete eine Tür: Das Bad. Die nächste Tür war vielversprechender. Sofort fiel mein Blick auf ein weißes Bett, welches nur von einem winzigen Fernseher erleuchtet wurde. Im Fernsehen liefen ebenfalls die Nachrichten. Dort, auf dem Bett saß vollkommen in eine Decke eingewickelt Elena. Nur ihr Gesicht – mit noch tieferen Augenringen als üblich – war zu sehen.

»Elena«, ertönte die mir unbekannte Stimme.

»Ja?«, ihre Stimme zitterte, klang weinerlich, schwach. Dann riss sie die Augen auf.

»Du bist nicht Papa. Du bist Nayan. Bitte tu meinem Vater nichts!«

Selbst durch die Decke, die sie um sich geschlungen hatte, konnte ich sehen, dass sie zitterte.

»Elena, wir treffen uns draußen an unserem Treffpunkt. Es ist wichtig, komm sofort.«

Ich wollte diesen erbärmlichen Anblick nicht mehr sehen, drehte mich um und schloss die Tür hinter mir. Sie würde kommen, das wusste ich.

Mich im Körper ihres Vaters bewusstlos zu schlagen würde kontraproduktiv sein, daher ging ich zunächst zurück in die Küche und raspelte weiter an der Zucchini, die noch zur Hälfte vorhanden war.

Der Schnee war überall in meine Kleidung eingedrungen. Es war nass und kalt und schmerzhaft. Meine Muskeln wollten liegen bleiben, doch mein Wille zwang sie dazu, aufzustehen.

Ich eilte weg vom Haus, zu unserem Treffpunkt, wo ich mich an einen Baum lehnte.

Es dauerte nicht lange, da tauchte Elena tatsächlich auf. Sie hatte sich eine dicke Jacke angezogen und einen Schal umgeschlungen.

»Warum bist du hier?«, bibberte sie. Bitte fang jetzt nicht an zu weinen, das will ich nicht sehen!

»Elena, findest du, ich kann ein Held sein? Meine Fähigkeit sollte es mir ermöglichen«, fragte ich nun. Ihr Mund stand kurz offen. War sie ein Fisch oder was? Dann atmete sie tief ein.

»Nayan, das in den Nachrichten, das warst du? Antworte nicht, ich weiß, dass du es warst. Du bist grausam und denkst auch noch, dass du ein Held bist? Seitdem wir in der Stadt waren, habe ich nicht mehr geschlafen. Also noch weniger als sonst. Wenn ich die Augen schließe, sehe ich nur noch Blut, nur den Tod. Wie kannst du nur ruhig schlafen, obwohl du angefangen hast, einem nach dem anderen zu töten?«

Ich atmete nun laut wie ein aufgebrachter Stier. Wie konnte sie es wagen, meine Tätigkeit als Held in Frage zu stellen?

Elenas Stimme zitterte nicht mehr, als sie einen Schritt zurückwich und dann schrie: »Tötest du mich jetzt auch? Keine Zeugen für die Heldentaten? Ich werde nicht länger mitansehen, was du tust. Die Polizei ist nur einen Anruf entfernt. Töte mich doch, dann muss ich mir deine Taten nicht länger mitansehen. Töte mich und du kannst machen, was auch immer du willst!«

Meine Wut kochte immer weiter hoch, während sie sprach, doch dann, als hätte man einen Schalter umgelegt,

wandelte sie sich zu einem Gefühl von Macht. Wenn selbst
Elena mich nicht als Held sehen wollte, dann würde es keiner
tun. Sie sollte mitansehen, was ich tun konnte, wenn mir
nicht erlaubt wurde, ein Held zu sein. Ich würde ihr nicht die
Gnade des Todes schenken. Mein Heldentum war gescheitert, aber ich konnte bestimmt in die Geschichtsbücher eingehen, bevor mich die Polizei oder die anderen schnappten.
Ein breites Grinsen erschien auf meinem Gesicht. Sieh nur,
wie ich alles in Schutt und Asche legte. Es war deine Schuld
Elena, weil du nicht daran glaubst, dass ich ein Held sein
konnte! Hahahahahahahahahahahahahahahahahahahahaha-
hahahahahahahahahahahahahahahahahahahahahahahahaha-
hahahahahahahahahahahahahahahahahahahahahahahahaha-
hahahahahahahahahahahahahahahahahahahahahahahahaha-
hahahahahahahahahahahahahahahahahahahahahahahahaha-
hahahahahahahahahahahahahahahahahahahahahahahahaha-
hahahahahahahahahahahahahahahahahahahahahahahahaha-
hahahahahahahahahahahahahahahahahahahahahahahahaha-
hahahahahahahahahahahahahahahahahahahahahahahahaha-
hahahahahahahahahahahahahahahahahahahahahahahahaha-
hahahahahahahahahahahahahahahahahahahahahahahahaha-
hahahahahahahahahahahahahahahahahahahahahahahahaha-
hahahahahahahahahahahahahahahahahahahahahahahahaha-
hahahahahahahahahahahahahahahahahahahahahahahahaha-
hahahahahahahahahahahahahahahahahahahahahahahahaha-
hahahahahahahahahahahahahahahahahahahahahahahahaha-
hahahahahahahahahahahahahahahahahahahahahahahahaha-
hahahahahahahahahahahahahahahahahahahahahahahahaha-
hahahahahahahahahahahahahahahahahahahahahahahahaha-
hahahahahahahahahahahahahahahahahahahahahahahahaha-

1 – Nayans Rausch

Nayan stand nun nur noch manisch kichernd vor mir. Er sagte kein Wort, starrte mir nur mit einem Auge und seiner Augenklappe ins Gesicht und kicherte vor sich hin. Der Mut, den ich eben verspürt hatte, verflog schnell und ich drehte mich um. Ich rannte so schnell ich konnte zurück in mein Haus, warf meine Jacke von mir, sprintete die Treppen hinauf und stürzte mich ins Bett, wo ich mich wieder im dunklen Zimmer in meine Decke wickelte.

Was war nur aus dem schüchternen Jungen mit der Augenklappe geworden? Die Person, die ich lachend am Flussufer zurückgelassen hatte, war nicht mehr der Nayan, den ich gekannt, den ich geliebt hatte. Dort stand nur noch ein Teufel in seiner Gestalt. Ein mordender, brandschatzender, wahnsinniger Teufel. Wieso hatte er mich nicht einfach getötet? Wollte er mich denn leiden sehen?

Ich wusste nicht, wann die Tränen gekommen waren, merkte aber nun, dass meine Wangen vollkommen nass waren und auch meine Decke bereits feucht wurde.

Kurze Zeit später klopfte mein Vater an und fragte durch die Tür, ob ich zum Essen kommen würde. Ich antwortete ihm nicht.

»In Ordnung«, sagte er. Er wusste nicht, was passiert war, hatte angeboten, mit mir darüber zu reden, aber ich hatte nichts gesagt. Ich würde es ihm erzählen, aber noch konnte ich nicht. Es war noch zu viel unklar. Ich wusste nicht, wo ich hätte anfangen sollen.

Wieso schützte ich den Teufel noch immer? Wieso rief ich nicht die Polizei? Schuldgefühle machten sich in mir breit. Hätte ich mehr für Nayan tun können? Hätte ich bereits nach dem ersten Treffen der Polizei Bescheid geben sollen?

Ich hörte, wie ein Teller vor meinem Zimmer abgestellt wurde. Das Geräusch riss mich aus meiner Gedankenspirale. Danke. Ich versprach mir, mit meinen Eltern zu reden, sobald ich meine Gedanken geordnet hatte. Die Polizei würde einer Geschichte über Gedankenkontrolle wohl kaum glauben…

Mitten in der schlaflosen Nacht nahm ich das Essen zu mir und trank ein wenig Wasser aus dem Wasserhahn. Schlaflosigkeit war für mich nichts neues, aber ich war zudem so aufgewühlt, dass weder Geist noch Körper zur Ruhe kommen konnten. Wenn ich nun die Augen schloss, sah ich nicht nur das Blut auf dem kalten Gehweg, ich sah auch das brennende Haus aus den Nachrichten und dieses teuflische Grinsen, welches sich mir in die Netzhaut gebrannt hatte. Er wusste, was er tat, und hatte meine Bestätigung gewollt. Als wäre ich eine Mittäterin.

In meinem Zimmer zu sitzen, machte mich unruhig, daher schlich ich die Treppe hinunter, zog meine Jacke an, setzte meine dunkelblaue Mütze auf – sie roch nach Lavendel, es beruhigte mich manchmal – und ging durch die Hintertür in unseren Garten. Die Wolken hatten sich verzogen und der Mond warf nun sein kühles Licht auf mich herab. Erst jetzt bemerkte ich den Nayan-förmigen Abdruck im Schnee vor dem Küchenfenster, welchen ich sofort mit den Schuhen verschmierte. Unser Gartentor hatte er auch aufgebrochen, dabei hätte er problemlos hinübersteigen können. Es war doch bloß hüfthoch. Zu meiner Erleichterung fand ich weit und breit keinen Teufel mehr vor, kein Kichern in der Dunkelheit. Die beißend kalte Nachtluft beruhigte meine Gedanken ein wenig. Meine Atmung beruhigte sich, während ich am Flussufer entlanglief. Bewusst lief ich in die andere Richtung und nicht dort entlang, wo Nayans Versteck sein musste. Ich wollte ihn nicht mehr sehen. Wollte sein „Werk" nicht mehr sehen. Aber andererseits wusste ich, dass jemand ihn aufhalten musste, bevor es zu spät sein würde. Bevor er seinen Zorn in der Stadt und danach womöglich im ganzen Land losließ. „Massensuizid" oder „unbekannte Krankheit lässt Menschen blutrünstig durchdrehen" würden die Schlagzeilen lauten. War die Polizei einem übernatürlichen, im Versteck lauernden Marionettenspieler gewachsen? Sie sahen nur die „Täter", in deren Körper Nayan steckte.

Ich musste versuchen, ihn irgendwie zur Besinnung kommen zu lassen. Wieder erschien mir die Fratze des Teufels, kichernd vor meinem Garten. Ich seufzte. Nein. In diesem Auge war keine Menschlichkeit mehr gewesen. Ihm war nicht mehr zu helfen. Aber ich konnte ihn auch nicht töten, das würde ich niemals hinbekommen. Mein Kopf pochte. Ich hatte keinen Schlaf bekommen, ich machte mir zu viele Gedanken und das verursachte Stress. Es war besser, wenn ich wieder heim ginge.

Die restliche Nacht wälzte ich mich hin und her, dachte dieselben Gedanken wieder und wieder. Als meine Nervosität und auch meine Kopfschmerzen unerträglich wurden, ging ich ins Bad, schluckte eine Schmerztablette und schaltete dann meinen Fernseher ein. Irgendeinen Late-Night-Kram. Hauptsache, ich konnte meinen Kopf für einen Moment ausschalten. An Schlaf war dennoch nicht zu denken. Heute würde ich ohnehin nicht in die Schule gehen. War ich gestern auch nicht gewesen. Ich hörte entfernt, wie meine Eltern frühstückten und sich dann auf ihren Weg zur Arbeit machten. Das erste Sonnenlicht des Tages drang durch die Vorhänge in mein Zimmer. Zeit verging. Meine „Hirn aus, Fernseher an"-Strategie scheiterte, als das morgendliche Trash-Programm von den Nachrichten unterbrochen wurde. Sofort war ich hellwach, mein Puls raste. Der Nachrichtensprecher trug einen Bericht über einen Polizisten vor, der in der Stadtmitte wild um sich geschossen und sich dann selbst erschossen hatte. Hierbei waren vier Menschen ums Leben gekommen und weitere sieben verletzt worden. Der nächste Bericht schloss direkt an den ersten an und erzählte von zwei Leuten, die in derselben Straße von den Dächern gesprungen und so gestorben waren. Es werde empfohlen, sich zunächst von der Fußgängerzone in der Stadtmitte fernzuhalten. Diese sei von der Polizei abgeriegelt worden, um den Vorfall zu untersuchen. Leute, die sich im abgesperrten Bereich aufhielten, sollten in den Gebäuden bleiben.

Der Teufel hatte zugeschlagen.

Das musste sein Werk sein.

Oh nein.

Ich hatte doch noch keinen Plan!

Was nun?

Mir blieb nicht viel Zeit zum Nachdenken, und noch während ich grübelte, was ich tun konnte, hatte sich mein Körper unter Schlafentzug selbstständig gemacht und sich umgezogen, eine Jacke übergeworfen, Stiefel angezogen und war vor die Haustür getreten. Die Sonne kam gerade über den Horizont. Und jetzt? Die Busse würden wohl kaum fahren, wenn die Stadtmitte abgeriegelt war. Was solls.

Ich rannte los und wurde nur ein paar Male auf dem Weg langsamer, um etwas nach Luft zu ringen. Meine Lunge brannte und der Geschmack von Blut machte sich in meinem Mund breit.

Irgendwann sah ich in der Ferne das blinkende, blaue Licht von Polizeiautos. Okay. Erst einmal musste ich mich beruhigen. Wie würde ich an der Polizei vorbeikommen? Wie konnte ich Nayan finden? Ich lehnte mich mit der Schulter gegen eine Laterne und versuchte, meinen Atem unter Kontrolle zu bekommen. Es dauerte viel zu lange. Ich wusste nicht, wann ich das letzte Mal so schnell gerannt war. Je näher ich dem Blaulicht kam, desto mehr Menschen tummelten sich in den Straßen. Manche, weil sie die abgesperrte Stelle umgehen mussten, andere standen eindeutig nur zum Gaffen herum. Die Gier, einen Blick auf die schaurigen Ereignisse zu erhaschen, ekelte mich schon immer an, doch dieses Gefühl hatte sich verstärkt, seitdem ich dazu gezwungen war, eine solche Tat mitzuerleben. Danke, Nayan.

Ich kam in einige Meter vor einer Polizeiabsperrung mit einem Streifenwagen zum Stehen. Hier musste man sich schon an den Menschen vorbeischlängeln, um voranzukommen. Immer wieder ermahnten die angespannten Polizisten die Passanten und Gaffer dazu, zurückzubleiben. Hier würde ich nicht durchkommen. Ich musste mein Glück in einer Seitengasse probieren. Eine, die es nicht wert war, überwacht zu werden. Noch während ich fieberhaft die Umgebung in meinen Gedanken ablief, drehte ein Mann mit Metall-Aktenkoffer in der Hand seinen Kopf zu mir um. Er hatte sich bislang immer wieder groß gemacht, auf die Zehnspitzen gestellt und versucht, einen Blick in die Fußgängerzone zu erhaschen. Doch nun war sein Gesicht förmlich zu einer

Grimasse verzerrt: die Augen weit offen und den Mund so breit zu einem Grinsen entstellt, dass die Mundwinkel bereits einrissen.

»Na, Elena, bist du hier für meine Shoooow?«, sprach Nayan aus dem Körper des Mannes. Umstehende Leute warfen uns irritierte Blicke zu.

»Nayan, was soll das?«, zischte ich. Was Besseres fiel mir nicht ein, um seine Grausamkeit zu hinterfragen.

»Ich zeige allen, wozu ich fähig bin, Elena. Vor allem dir. Du hättest an mich glauben können.«

Noch bevor ich etwas erwidern konnte, griff er den Aktenkoffer aus Aluminium mit beiden Händen und begann, ihn wiederholt seitlich in das Gesicht des Mannes zu trümmern. Das Blut, das zunächst nur aus der Nase kam, vermischte sich auf dem glänzenden Metall mit dem, das aus Platzwunden an der Stirn und den Lippen quoll. Nayan untermalte die ganze Situation mit manischem Gelächter. Die ersten Blutstopfen spritzten auf meine Haare. Erst jetzt reagierte mein erschöpfter Körper. Keuchend stolperte ich zurück, wusste nicht, ob ich rennen oder fallen sollte. Zwei Polizisten setzten sich in Bewegung und riefen etwas, das ich nicht vollständig wahrnahm. Meine Beine beschlossen, dass Hinfallen die bessere Option war. Um mich herum rannten nun Menschen in alle unversperrten Richtungen davon. Wie in Zeitlupe sah ich, wie Nayan schneller und schneller den Koffer dazu nutzte, das Gesicht des Mannes zu zerstören. Die Polizisten machten sich bereit, ihn zu überwältigen, doch mein Blick war auf den Streifenwagen gerichtet, der die Absperrung bildete. Dort standen noch zwei weitere Polizisten, beide mit ihren Händen am Waffenhalfter, und beobachteten das Geschehen genau. Einer sprach noch zusätzlich in ein Funkgerät.

Ich sammelte für einen Sekundenbruchteil meine Kraft, richtete mich auf und rannte los, vorbei am Streifenwagen und hinein in die Fußgängerzone. Mit hoher Wahrscheinlichkeit hatte mich einer der beiden Polizisten gesehen, aber für ungefährlich befunden. Oder seine Kollegen wussten bereits Bescheid und man würde mich gleich einfangen.

Während ich rannte, überlegte ich, wo ich Nayan finden konnte. Wenn ich seine Fähigkeit richtig in Erinnerung hatte, so konnte er nur Leute übernehmen, die er sah. Das hieß, dass er freien Blick auf den Mann (und somit mich) gehabt hatte. Meine Augen huschten über die leergefegte Straße und die Gebäude, wanderten hoch … und blieben am Balkon des Einkaufszentrums hängen. Dort, wo das Café war. Er musste einfach dort sein. Vor dem Eingang war ein Teil des Gehwegs mit gelbem Absperrband versperrt und auf dem Boden lagen zwei weiße Tücher, unter denen sich jeweils etwas in … Menschenform … befand. In der Nähe stand ein Krankenwagen und ich bemerkte ein paar Sanitäter, die sich leise unterhielten. Ich biss die Zähne zusammen. Nicht aufgeben! Nicht zu viel darüber nachdenken!

Die Automatiktüren des Einkaufszentrums ließen mich eintreten und ich hielt für einen Moment inne.

2 – Die Inszenierung

Das Einkaufszentrum war wie erwartet beinahe leer. So früh morgens hatten die meisten Geschäfte noch nicht offen. Ich sah bloß ein paar Menschen, die an den Tischen einer Bäckerei saßen. Ein Mann las mit zittrigen Händen Zeitung, die Verkäuferin starrte ausdruckslos auf den Boden und eine Frau weinte einsam in der Ecke. Die anderen Leute schienen weitestgehend unbeeindruckt.

Mein Atem hatte sich gerade ein wenig beruhigt und ich wollte mich auf den Weg nach oben machen, als ich einen Schrei und mehrere Schüsse hörte, die von oben kamen und durch das Gebäude hallten. Ich atmete wieder so schnell wie vorher. Natürlich würden Polizisten nach oben gehen, um den Ort, von dem die beiden „Selbstmörder" gesprungen waren, zu untersuchen. Er war also wirklich dort oben und hatte soeben zwei weitere Personen ermordet.

Schnellen Schrittes rannte ich die Rolltreppe hinauf. Es war nur eine Frage der Zeit, bis weitere Polizisten nachrückten. Ich musste Nayan zuerst erreichen.

Erster Stock.

Aber wieso? Um ihn zu retten? Nein, um zu verhindern, dass er noch mehr tötete. Ich musste dem ein Ende bereiten. Ihn unschädlich machen. Im schlimmsten Fall ... würde ich ihm ein Auge ausstechen. Dann hatte das alles ein Ende.

Zweiter Stock.

Ich verstand so vieles nicht. Hatte das Mobbing seiner Mitschüler ihn hierzu getrieben? Woher hatte er diese Macht? Wer dieser Mario wirklich gewesen? Wo war er jetzt? Hatte er ihm das in den Kopf gesetzt? Wann hatten meine Tränen angefangen zu fließen?

Dritter Stock.

Ich war oben angelangt. Es war nicht schwer zu erkennen, dass ich an den richtigen Ort gekommen war. Ein paar Meter vor der Rolltreppe lag ein Mann rücklings in einer Lache seines eigenen Blutes. In seiner Brust steckte ein langes Küchenmesser so tief, dass fast nur noch der Griff zu sehen war. Die rechte Hand des Mannes hielt noch den Griff umschlossen. Die Leiche war wie die Rezeption eines Museums: Ihre Position im Verhältnis zur Rolltreppe, die geradezu perfekt war, um einen ersten Eindruck auf die Ausstellung, die hinter der Tür des Dachcafés lauerte, zu bekommen. Das erstarrte, wahnsinnige Grinsen im Gesicht des Mannes, das mir sofort zeigte, dass dieser Mann sich nicht selbst getötet und zudem auch niemand anderes das Messer in seine Brust gerammt hatte. Eine Inszenierung. Eine Show, die nur dafür da war, um mich zu brechen. Ich schloss die Augen, wischte vergeblich ein paar Tränen weg, atmete tief ein und ging dann an der Leiche vorbei, legte die Hand auf die Tür zum Café und öffnete sie.

Unmittelbar vor der Tür lehnte ein zusammengesackter Körper eines Polizisten an der Wand. Anhand der vielen Einschusslöcher, aus denen noch immer Blut sickerte, ging ich davon aus, dass er mehrfach erschossen worden war. Panisch suchend zuckten meine Augen durch das Café. An einem Tisch, genau in der Mitte des Raumes, saß ein weiterer Polizist. Dieser war mit dem Kopf auf den Tisch gefallen, das Gesicht von mir abgewandt. Blutige Reste des Gehirns traten hinten aus dem Kopf hervor. Die rechte Hand des Polizisten hing schlaff herab, und darunter lag die Tatwaffe. Leise ging ich weiter in das Café hinein. Links von mir befand sich der Verkaufstresen, durch die Glasscheiben sah ich allerlei Süßgebäck. In der Kaffeemaschine stand noch ein heiß dampfender Kaffee. Die Tür zur Küche war mit einem runden Fenster versehen, allerdings konnte ich darin niemanden entdecken.

Nayans Inszenierung war ein Ausdruck reinen Horrors für mich. Diese ganzen Leichen – das konnte doch nicht wirklich passiert sein? Die Tränen, die immer wieder auf meine Jacke tropften, fühlten sich unwirklich an, als wäre ich bloß in einem Theatersaal und die Tragödie näherte sich ihrem unausweichlichen Ende.

Ich entdeckte eine weitere Leiche, als ich um eine Stützsäule ging. Die toten Augen der Frau starrten mich vorwurfsvoll an. Sie saß an einem kleinen Tisch und hatte ihre Arme auf einer Zeitung ausgestreckt, nur um mir zu demonstrieren, dass beide Arme der Länge nach aufgeschnitten worden waren. Das Mordwerkzeug, welches wohl einst ein Brotmesser dargestellt hatte, steckte nun mit der Spitze zwischen den Händen im Tisch und war leicht verbogen.

Instinktiv griff ich nach dem Messer und zog es vorsichtig aus dem Tisch. Meine Hände zuckten unkontrolliert, doch als ich das Messer in den Händen hielt, versiegte das Zittern. Er konnte nicht ungestraft davonkommen. Nayan war nun wirklich zu weit gegangen. Meine Tränen begannen zu trocknen und ich blinzelte zum ersten Mal, seitdem ich das Café betreten hatte. Nun, da ich wieder scharf sehen konnte, sah ich die blutige Spur auf dem Boden, die unter mir begann und hinaus auf die Terrasse führte. Ich erinnerte mich daran, wie ich vor nicht einmal einer Woche mit Nayan auf dieser Terrasse gesessen und noch daran gedacht hatte, ihm meine Liebe zu gestehen. Er sei doch so ein missverstandener und ausgestoßener Junge. Einsam, aber harmlos. Dieses Bild war genau wie meine Gefühle in dem Moment zersprungen, in dem Nayan den Mann unten auf der Straße erschossen hatte.

Die Tür zur Terrasse war nicht geschlossen, sondern angelehnt, was für einen kleinen, kalten Luftzug sorgte. Die Blutspur führte unter ihr hindurch und verschwand dann links hinter der Außenwand. Kleinlich achtete ich darauf, keine Geräusche zu machen, umgriff das Messer fester und ging auf die Tür zu. Langsam schob ich sie mit dem Handrücken auf und huschte hindurch. Ich schaute nach links, entdeckte etwas, schaute nach rechts. Kein Nayan zu sehen. Auf dem Tisch auf der linken Seite – dort, wo wir das letzte Mal gesessen hatten – lag rücklings die Kellnerin von jenem Tag. Ihre Beine hingen vom Tisch herab, ihre Arme waren seitlich ausgestreckt. In Erwartung, auch hier einen grausamen Anblick zu Gesicht zu bekommen, ging ich näher.

Zuerst sah ich Blut, welches über ihr Gesicht lief, dann sah ich die grob abgeschnittenen, blonden Haare um ihren Kopf herum. Ich nahm eine Bewegung wahr. Ihr Brustkorb bewegte sich! Schnell legte ich das Messer beiseite und rannte die letzten Meter zu ihr. Der kalte Winterwind schoss wieder in meine Lungen. Ihre schweren Atemzüge waren deutlich zu hören. Sie lebte also wirklich noch! Ihr rechtes Auge bewegte sich, versuchte, mich wahrzunehmen, doch blickte durch mich hindurch. Dort, wo sich das linke Auge sich befinden sollte, waren nur blutige Überreste und ein klaffendes Loch. Das Blut sprudelte auf ihr Gesicht und hatte auch einen Teil des Tisches gefärbt. Die Wunde sah frisch aus. Was sollte ich nun tun?

»Alles wird gut«, sagte ich leise in einer Tonlage, in der man normalerweise jemandem den Tod wünscht. Keine Reaktion. Ich wusste, dass ich mich um ihre Wunde hätte kümmern sollen. Zudem war mir eigentlich klar, dass ich sie hätte nach drinnen tragen müssen, da sie sich leicht unterkühlen konnte, wenn sie hier in ihrer Uniform und ohne Jacke lag. Doch stattdessen drehte ich mich um, nahm das Messer und ging wieder hinein. Es blieb nur noch die Küche übrig. Weshalb er ihr wohl nur das Auge ausgestochen hatte? War er bei seiner grausamen Mordreihe gestört worden? Oder war dies nur Teil seiner Inszenierung? Was auch immer die Antworten auf diese Fragen waren, ich musste ihn finden. Die Zeit wurde knapp und wenn die Polizei mich hier mit dem Messer in der Hand vorfände, standen meine Chancen nicht schlecht, dass sie mich an seiner Stelle verantwortlich machen würden.

Während ich mich der Küchentür näherte, zwang ich mich dazu, meine Atmung zu beruhigen. Ich analysierte die Tür genaustens: Es handelte sich um eine beidseitig schwingende Tür ohne Griffe, was wiederum hieß, ich musste nur dagegen drücken, um hineinzugelangen.

»Okay Elena, fokussiere dich. Du darfst jetzt nicht mehr zögern«, dachte ich und bewegte meinen Mund, ohne einen Ton zu verursachen. Dann rammte ich mit der Schulter die Tür auf und beförderte mich so in die Küche.

3 – Erinnerungen

Die Küche war ein Stück wärmer als der Rest des Cafés. Klappernd fiel die Schwingtür hinter mir wieder zu. In Sekundenbruchteilen scannte ich den Raum. Die Fritteuse rechts von mir brodelte und frittierte gerade den Kopf eines großen Mannes, der allem Anschein nach graue Haare hatte. Sein Körper war erschlafft, sodass er die vorüber gebeugte Haltung in die Fritteuse hinein kaum noch halten konnte.

Links, in der letzten Ecke des Raumes, saß Nayan und lehnte an der Wand. Er trug die Augenklappe auf seinem linken Auge, das andere Auge war blutunterlaufen. In der rechten Hand hielt er ein Küchenmesser, neben ihm lag eine Handschusswaffe.

»Hi, Elena, ich hoffe dir hat es gefallen«, sprach er mit einem breiten Grinsen auf dem Gesicht und machte eine Geste mit seiner freien Hand, welche eine Verbeugung symbolisierte.

»Es reicht«, sagte ich in meiner todbringenden Tonlage. »Du mordest willkürlich, nur um dich zu beweisen? Nur um mich zu foltern?«

Er kicherte manisch. »Natürlich. Ich bin quasi allmächtig. Ich kann tun, was auch immer ich will. Der Koch dort hinten ist bald gar und du konntest rein *gar* nichts tun. Siehst du nicht, dass du nicht in der Lage bist, mich aufzuhalten? Keinen einzigen Tod konntest du verhindern. Und zum Finale bringe ich sie auch noch um! Ich habe schon nur noch ein Auge. Sieh zu, wie das Leben aus ihrem Körper weicht!«

Plötzlich riss er seinen rechten Arm nach oben und versenkte dann in einer schnellen Bewegung das Messer in seinem Magen. Fassungslos stieß ich Luft aus. Er drehte das Messer in der Wunde, zog es hinaus und rammte es erneut hinein. Die ganze Zeit über hielt er mit mir Blickkontakt.

»Du kannst mir gar nichts, Elena! Nichts!«, brüllte er. Ich wusste nicht, was geschah. Je länger ich ihm zusah, desto sicherer wurde ich mir, dass er auch nicht wusste, was er gerade tat. Er warf das Messer zur Seite, wo es gegen die Wand prallte und zu Boden fiel. Ich wollte mein Messer fester umgreifen, doch in diesem Moment fiel mir auf, dass es längst aus meiner Hand geglitten war. Die Härte verließ mein Gesicht und ich ging in die Hocke, um auf einer Höhe mit Nayan zu sein. Zu meiner Sicherheit näherte ich mich aber nicht weiter, als die paar Meter, die uns trennten.

»Sieh nun, wie auch dieser Körper verblutet!«

Seine Stimme wurde bereits schwächer.

»Ich habe dieses Gefühl nun schon oft erlebt, aber keines war so aufregend, wie wenn du mir dabei verzweifelt zusiehst!«

Es war eindeutig. Er verstand es nicht mehr.

»Nayan…«, setzte ich an.

»Wieso schaust du mich so mitleidig an? Du kennst diese Frau doch gar nicht! Du solltest lieber in Panik sein, weil jemand direkt vor dir stirbt, ohne dass du etwas tun kannst!«

Ich schüttelte den Kopf. In diesem Augenblick huschte ein sichtbarer Schauer über Nayans Gesicht. Sein Auge huschte wild umher, sah an sich selbst herab und wurde dann vor Schreck aufgerissen.

»Was? Wie? Neinneinneinneinneinnein«, keuchte er.

»Du hast es endlich gemerkt, oder?«, meinte ich trocken. Die ganze Zeit hatte er wohl gedacht, dass er sich noch in einem anderen Körper befand – im Körper der Kellnerin. Er musste zurück in seinen eigenen Körper geschlüpft sein, ohne das in seinem Wahn zu bemerken. Blöd für Ihn, dass ich auch nichts mehr für ihn tun wollte.

»Elena, du kannst nicht tatenlos zusehen!«

Ich sah ihn weiter nur an. Er tat mir leid, aber ich hasste ihn auch dafür, was er getan hatte. Sein Gesicht war schon sehr bleich.

»Ich … nehme dich mit!«, zischte er, hob mit letzter Kraft seinen Arm und zog die Augenklappe von seinem Auge.

Einen Moment lang starrten unsere Augenpaare ineinander, dann erschlaffte seine Halsmuskulatur, die Augen verloren den Fokus und der Kopf kippte zur Seite auf seine Schulter.

Meine Beine gaben nach und ich fiel aus der Hocke auf den Hintern. Kein Muskel wollte sich noch bewegen. Es war, als ob mein Schlafmangel mich endlich eingeholt hatte. Müde schloss ich die Augen. Statt zu schlafen, schossen mir Bilder durch den Kopf. Bilder von Erlebnissen, die ich nie hatte. Bilder, in denen ich auch vorkam, aber aus einer anderen Perspektive. Ich sah, wie ich vor einen Zug stürzte, ich sah einen Mann, der mich fasziniert anblickte, der mir Dinge beibrachte und letztendlich vor meinen Augen starb. Autounfälle, Messer und Pistolen, Blut, Feuer und ein dichter werdender Nebel aus Wahnsinn füllten meine Gedanken. In der Ferne hörte ich Stimmen, schwere Schritte und Türen, die geöffnet wurden.

Das helle Licht eines Krankenhaus-Deckenlichts strahlte mir ins Gesicht, als ich wieder zu mir kam. Ich lag in einem weißen Bett in einem spärlich ausgestatteten Einzelzimmer und trug eine Krankenhausschürze. Auf einem Stuhl vor der Tür saß eine Frau in Polizeiuniform, welche soeben ihre Zeitschrift abgelegt hatte.

»Hallo«, sagte ich. Meine Stimme war kratzig. In meinem Kopf schwirrte es noch immer. Es war, als trug ich die Erinnerungen von zwei Personen in mir. Als ob Nayan mir seine Erinnerungen übertragen hatte.

»Ich grüße«, erwiderte die Kommissarin.

»Was ist passiert?«, fragte ich etwas lauter als nötig, um das Wirrwarr in meinem Gehirn zu übertönen.

»Ich kann dazu keine Informationen geben, da es sich um eine laufende Ermittlung handelt. Wir haben Sie auf dem Boden in der Café-Küche gefunden, kaum bei Bewusstsein. Sie murmelten undeutlich vor sich hin, sagten uns aber, wie Sie hießen und dass eine weitere, verletzte Frau auf der Außenterrasse zu finden sei. Sie scheinen unter großem Stress zu stehen, aber sonst fehlt Ihnen laut dem Krankenhauspersonal nichts. Alles andere erfahren Sie beim Verhör, sobald sie entlassen werden.«

Kurz darauf kam ein Pfleger zu mir ins Zimmer, die Polizeifrau verließ es. Ein paar Checks ergaben schnell, dass ich keine körperlichen Verletzungen davongetragen hatte.

Meine Kleidung fand ich am Fußende meines Bettes. Sie war eindeutig durchsucht worden. Als ich bereit war – auch wenn das Chaos in meinem Kopf alles andere als bereit war – gab ich der Kommissarin Bescheid und sie und einer ihrer Kollegen eskortierten mich aus dem Zimmer.

Epilog

Endlich habe ich all die Erinnerungen niedergeschrieben. All das, was Nayan in meinen Kopf eingepflanzt hat, zu Papier zu bringen, hilft mir, es zu verarbeiten. Erzählen kann ich es niemandem. Wer würde mir schon glauben? Jemand, der dieselben Kräfte wie er besitzt. Er war sich sicher, dass es weitere seiner Art in der Welt gibt, und wahrscheinlich hatte er Recht.

Es ist nun etwa ein Jahr vergangen, seitdem ich von Verhör zu Verhör, von Arzt zu Arzt geschleift worden bin. Allen habe ich dieselbe Geschichte erzählt:

Ich ging in das Café mit Nayan, um ihn zu überzeugen, in sein altes Leben zurückzukehren. Ich wusste schließlich, dass er aufgrund des Mobbings in der Schule und einem traumatischen Erlebnis an einem Bahnhof sein altes Leben zurücklassen wollte. Er hatte am Vortag bei mir Rat gesucht, woraufhin wir uns im Café verabredet hatten. Plötzlich begannen fast alle Besucher, sich selbst zu verletzen oder zu töten. Panisch suchten wir in der Küche beim Koch Deckung. Irgendwann wurde es ruhiger draußen und ich ging hinaus, um Hilfe zu holen, fand dabei die Kellnerin schwer verletzt vor, hörte aber in diesem Moment Geräusche aus der Küche, wo ich einen toten Koch und einen sterbenden Nayan vorfand und selbst in Ohnmacht fiel.

Die Beweise sprachen dafür, dass jede Person im Café sich selbst umgebracht hatte, abgesehen von einem Polizisten, der von seinem Kollegen erschossen worden war. Zudem deckte mich die Aussage der Kellnerin, die sich nur daran erinnerte, wie alle sich selbst verletzt hatten und dass ich mit ihr gesprochen hatte, aber die nicht wusste, wer ihr das Auge ausgestochen hatte.

Ein Schuldiger wurde nicht gefunden, die Vermutungen kreisen nun um einen Selbstmord-Kult oder um Drogen, die nicht mehr in den Leichen nachgewiesen werden konnten. Es sieht ganz danach aus, dass der Fall aufgrund eines Mangels an Beweisen eingestellt wird.

Die Kellnerin heißt Valeria ist inzwischen 19 Jahre alt und arbeitete im Café um die Zeit bis zu ihrem Studium zu überbrücken. Bis zum heutigen Tag halten wir engen Kontakt, da wir nach ihrer Aussage „uns gegenseitig durch das Trauma helfen". Sie trägt nun ihre Haare kurz und ich finde, es steht ihr. Wenn diese Augenklappe nicht wäre, könnte ich mir vorstellen, mein ganzes Leben an ihrer Seite zu verbringen. Vielleicht sind meine Gedanken diesbezüglich auch noch zu ungeordnet.

Die Leiche von Nayans Mentor wurde etliche Kilometer flussabwärts an einer Schleuse gefunden, allerdings konnte der Körper bis heute nicht zugeordnet werden. Mario hatte seine Spuren scheinbar gut verwischt. Bis auf die Dokumente jedenfalls, die Nayan damals in der Wohnung fand – und vernichtete.

Nayans Weg schien ihm durch viele Zufälle geebnet worden zu sein. Wenn mir manchmal seine Erinnerungen durch den Kopf gehen, frage ich mich, wie viel davon wirklich Zufall war und was Mario inszeniert hatte. Er hatte versucht, Nayan zu kontrollieren, aber die Fäden des Marionettenspielers sind zu früh gerissen.

Lieses Leichnam ist schnell identifiziert worden und ich erinnere mich noch gut an den Post ihrer Familie auf Social Media, der dazu aufgerufen hat, immer nach seinen Liebsten zu schauen.

Was Nayans Eltern betrifft, bekam ich nicht viel mit. Sie haben sich bei der Polizei beschwert, dass diese ihren Sohn nicht gefunden hat. Sein Vater stand ein Mal schreiend vor meiner Haustür – wir ließen ihn nicht hinein. Nun sind sie in eine andere Stadt gezogen, ohne jemals zu wissen, was wirklich mit ihrem Sohn passiert ist. Ich wünschte, ich könnte es ihnen sagen. Ich wünschte, Nayan hätte ein normales Leben führen dürfen.

Und ein Teil von mir wünscht, dass alles so bleibt, wie es jetzt ist.

Über den Autor

Robin Band wurde 1998 geboren und begann 2008 mit dem Schreiben. Bereits zwei Jahre später begann er die Arbeit an seinem Debütroman "Das Vermächtnis der Dämonen", welcher den ersten Teil einer Trilogie darstellt. Der finnisch-deutsche Autor schreibt am liebsten im Wald, wo die Ruhe der Natur auf ihn wirkt.

Robin Band
im Internet

www.robin-band.de

Hier gibt es vertiefende Infos zu meinen aktuellen und zukünftigen Werken.

Instagram: @rband_

Twitter: @rband_

Ebenfalls anzutreffen auf Lovelybooks.de als Robin Band
Ich freue mich über eine ehrliche Rezension!

Bereits erschienen

Noch mehr übernatürlicher Horror in 15 Geschichten.

Robin Band

Gebrochene Welt

BoD – Books on Demand, Norderstedt

ISBN: 9783749451937

Preis: 9,99€ (D)

Erscheinungsjahr: 2019

Bereits erschienen

Eine neue Welt mit neuen Kräften. High Fantasy pur!

Robin Band

Jormund – Elementarkräfte der Besessenen

BoD – Books on Demand, Norderstedt

ISBN: 9783754314210

Preis: 10,00€ (D)

Erscheinungsjahr: 2021

Bereits erschienen

Der erste Teil der Dämonen-Trilogie

Robin Band

Das Vermächtnis der Dämonen

BoD – Books on Demand, Norderstedt

ISBN: 9783746011356

Preis: 9,99€ (D)

Erscheinungsjahr: 2017

Bereits erschienen

Der zweite, alleinstehende Teil

Robin Band

Der Untergang der Dämonen

BoD – Books on Demand, Norderstedt

ISBN: 9783752862379

Preis: 9,99€ (D)

Erscheinungsjahr: 2018

Bereits erschienen

Das Finale.

Robin Band

Das Chaos der Dämonen

BoD – Books on Demand, Norderstedt

ISBN: 9783751943765

Preis: 9,99€ (D)

Erscheinungsjahr: 2020